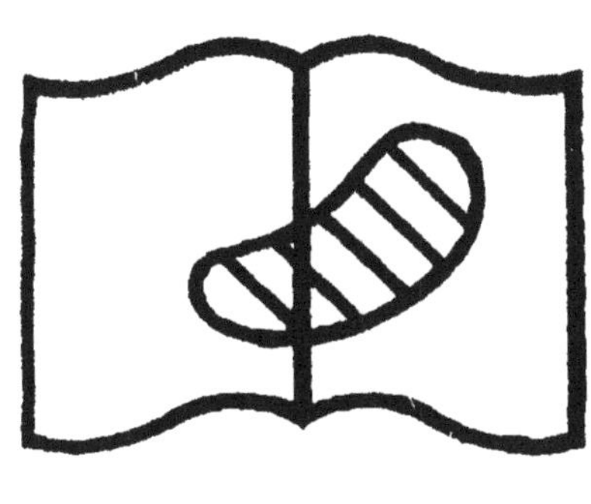

Lisibilité partielle

Début d'une série de documents en couleur

VALABLE POUR TOUT OU PARTIE DU DOCUMENT REPRODUIT

DOUZE HISTOIRES

PAR

MARIE GUERRIER DE HAUPT

TOURS
ALFRED MAME ET FILS
ÉDITEURS

OUVRAGES DE LA MÊME COLLECTION

FORMAT PETIT IN-8° — 1re SÉRIE

A neuf ans, par l'auteur de *Quand j'étais une petite fille.*

A Paris et en province, par Tony Lis.

Aventures d'un florin (les), racontées par lui-même.

Bagdad, la Reine du Désert, par W. Herchenbach; traduit avec l'autorisation de l'auteur par Mlle A. Simons.

Causeries de Mlle Mélin (les), récits sur les petits devoirs de société, par Marthe Bertin.

Clémentine, ou l'Ange de la réconciliation, par Marie-Ange de T***.

Corbeille de Fraises (la).

Dessus du Panier (le), par Jean Grange.

Deux Sœurs (les), suivi de Une Aventure en Pologne, imité de l'anglais par Adam de l'Isle.

Directrice de Poste (la), par Marie-Ange de T***.

Douze histoires, par Marie Guerrier de Haupt.

Dumont d'Urville, par Fr. Joubert.

Exilées de la Souabe (les), par Mlle Louise Diard.

Flora Mac-Alpin, épisode de la cour de Jacques VI d'Écosse.

Grand'Mère de Gilberte (la), par Mlle des Ages.

Grands Agriculteurs modernes (les), par Mme la Cesse Drohojowska.

Grands Inventeurs modernes (les), par Mme la Cesse Drohojowska.

Henriette, ou l'Piété filiale et dévouement fraternel, par Stéphanie Ory.

Héroïne de Taïti (l'), par W. Herchenbach; traduit de l'allemand par Mlle A. Simons.

Louise Leclerc, par Marie-Ange de T***.

Manuscrit de Javotte (le), par Mme Mathilde Sandras.

Marianne, ou le Dévouement.

Marie de Langeville, ou la Résignation chrétienne, par Stéphanie Ory.

Mémoires d'un vieux pêcheur américain, par Bénédict-Henry Révoil.

Ménétrier de Sauleville (le), par Mme Julie Lavergne.

Navigation aérienne (la), par Arthur Mangin.

Par-dessus le buisson, par Jean Grange.

Parmentier, par Fr. Joubert.

Petit duc (le), ou Richard sans Peur, traduit de l'anglais par Mme Charles Deshorties de Beaulieu.

Quatre chemins (les).

Récits américains, par M. Xavier Marmier.

Richard-Lenoir, par Fr. Joubert.

Simon et Simone, par Marthe Bertin.

Successeurs (les) de sir John Franklin, par Henri Feuilleret.

Voyage en Islande, par Émile Chevalet.

Tours. — Imprimerie Mame.

Fin d'une série de documents
en couleur

DOUZE HISTOIRES

1re SÉRIE PETIT IN-8°

Le petit dormeur se mit à pleurer. (P. 14.)

DOUZE
HISTOIRES

PAR

MARIE GUERRIER DE HAUPT

TOURS

ALFRED MAME ET FILS, ÉDITEURS

M DCCC XCIV

MONSIEUR DAGOBERT

Il est des gens qui, pendant toute leur existence, semblent voués au ridicule. Tout en eux a le don d'exciter la raillerie. Les actions les plus nobles, les sentiments les plus purs et les plus touchants prennent chez eux des allures presque grotesques, grâce auxquelles l'intérêt dont ils sont dignes fait place à une maligne envie de rire dont, en général, on ne comprend pas assez la cruauté.

Les enfants, les jeunes gens, habitués à former leur opinion d'après les apparences, sont presque toujours sans pitié pour les malheureux qui leur paraissent prêter au ridicule. Et cependant combien en est-il, parmi ces pauvres déshérités, devant lesquels tout honnête homme s'inclinerait avec respect s'il pouvait voir les qualités du cœur, l'exquise délicatesse d'âme que cachent souvent un extérieur difforme, des manières bizarres, une apparence pleine de gaucherie !

En vérité, les parents ne sauraient trop s'efforcer de mettre en garde leurs enfants contre ce funeste penchant à la raillerie, qui leur fait parfois blesser cruellement les êtres les plus dignes de sympathie et de respect.

Et vous, railleurs incorrigibles, s'il faut absolument un aliment à votre humeur moqueuse, tournez en ridicule les défauts et les vices; riez de l'arrogance, de la présomption, de la laideur morale enfin; mais avant de lancer les flèches de vos plaisanteries malveillantes sur un homme dont le seul crime à vos yeux est d'avoir une apparence bizarre, demandez-vous si son âme, son cœur, son caractère n'ont pas, aux yeux du Créateur, plus de grâce et de véritable beauté que les vôtres. Réfléchissez, avant de parler d'eux ou d'agir méchamment à leur égard; alors, si votre cœur n'est pas complètement corrompu, si votre malheureux penchant vient de votre étourderie plutôt que d'un mauvais naturel, vous vous arrêterez à temps, et de cruels remords vous seront épargnés.

Et le remords, croyez-moi, est une chose cruelle à supporter : avec lui, pas de calme, pas de bonheur possible. Une seule méchante action suffit pour empoisonner l'existence, alors même qu'on posséderait en ce monde tous les éléments du bonheur.

Écoutez plutôt mon histoire et celle de M. Dagobert.

J'étais âgé de quatorze ans; mais, grand et robuste, j'avais déjà l'air d'un petit monsieur.

Ma famille fit l'acquisition d'une propriété assez importante située à l'extrémité d'un petit village. J'en fus d'autant plus enchanté que nous étions les seuls « bourgeois » du pays, et que, vaniteux à l'excès, il ne me déplaisait pas de jouer le rôle d'un petit seigneur auprès des pauvres habitants, très disposés à respecter en nous les nouveaux maîtres du « château ».

Une épidémie ayant, cette même année, fait retarder la rentrée des classes dans le lycée où je faisais mes études, j'obtins de mon père la permission d'emmener à la campagne quelques-uns de mes condisciples, aussi ravis que moi à la pensée de vagabonder dans les champs, sans souci des professeurs, des leçons et des pensums.

Le lendemain de notre arrivée, en nous promenant, le soir, sur la grande route, nous rencontrâmes un personnage dont l'aspect bizarre et l'étrange équipement excitèrent tout d'abord notre gaieté.

Imaginez un homme grand et maigre, revêtu d'un frac râpé, dont les manches, rendues trop courtes par des réparations successives, laissaient voir des poignets maigres et rouges; d'une culotte courte, jadis brune, mais devenue d'une couleur indéfinissable par suite d'un long usage et de l'adjonction de morceaux mal appareillés. Ses pieds larges et plats retenaient avec peine les souliers à boucles qui, avachis et usés, ne demandaient qu'à les abandonner.

Ses cheveux plats et grisonnants étaient couverts d'un bonnet de laine noir sur lequel il avait placé trop en arrière un chapeau à larges bords, qui ajoutait encore à l'aspect vraiment comique de sa physionomie débonnaire. Sur son nez recourbé, dont le bout pointu s'avançait d'une manière inquiétante vers l'extrémité de son menton, était posée une paire de lunettes qu'un miracle d'équilibre pouvait seul retenir. Il portait de la main gauche un violon dans son étui, et de la main droite tenait un livre dans lequel il lisait avec attention en dépit des cris continuels d'un marmot de deux à trois ans qui, accroché des deux mains à l'un des longs pans de son habit, le suivait en trébuchant.

« Qu'est-ce que c'est que ça? fit à demi-voix un de mes camarades, pendant que moi et les autres nous nous mettions à ricaner tout bas.

— Qu'est-ce que c'est que ça? répétais-je en m'adressant à un petit pâtre de huit à dix ans qui ramenait quelques moutons à l'étable.

— C'est M. Dagobert, le maître d'école, » répliqua l'enfant avec un accent de déférence bien marqué.

Il hâta le pas, et, au moment où il se croisa sur la route avec l'instituteur, nous le vîmes ôter poliment son chapeau en disant :

« Bonsoir, monsieur Dagobert. »

En entendant le nom de l'instituteur, nous avions donné libre carrière à nos rires, contenus jusque-là.

« Oh! oh! oh! monsieur Dagobert! C'est le roi Dagobert! le bon roi Dagobert! » répétions-nous sans le moindre souci de l'effet que pouvait produire notre gaieté sur le possesseur de ce nom malencontreux.

Ce dernier avait levé les yeux pour répondre au salut

du petit pâtre; il nous aperçut, et, se redressant d'un air de naïve importance, s'efforça de rajuster sur son nez les lunettes rebelles. Dans ce mouvement, son ample mouchoir à carreaux rouges et bleus tomba par terre; un peu déconcerté par cet incident, le digne magister inclina lentement sa haute taille pour ramasser l'objet; le marmot, à qui ce mouvement arracha brusquement le pan d'habit auquel il se cramponnait comme un naufragé à une corde de sauvetage, roula dans la poussière en poussant des clameurs lamentables, et nous, témoins impassibles de tant de mésaventures, nous saisîmes ce moment pour chanter en chœur, sur un air bien connu :

C'est monsieur Dagobert!
Bonjour à monsieur Dagobert!

Le vieillard sentit l'insulte. Il se redressa vivement, le visage pourpre d'indignation. Glissant dans l'immense poche de son habit son mouchoir et son livre, il plaça sur son bras droit l'enfant qui criait toujours. Puis, passant devant nous, il nous jeta un regard plein de douceur et, inclinant légèrement la tête, dit simplement :

« Bonsoir, Messieurs ! »

Pourquoi ces mots insignifiants, prononcés sans la moindre apparence de colère, nous causèrent-ils un moment d'embarras? Ne serait-ce pas que la voix de la conscience se fait d'autant mieux entendre quand les hommes évitent de nous infliger un blâme mérité? Nous gardâmes d'abord le silence, nous regardant les uns les autres d'un air assez piteux pour permettre à des railleurs, s'il s'en était trouvé là, de s'égayer à leur tour à nos dépens. Mais nous avions trop bonne opinion de notre importance de petits messieurs pour que la simple dignité d'un pauvre instituteur du village pût réduire au silence notre verve intarissable. Ce fut moi qui le premier repris la parole :

« Bravo! m'écriai-je; M. Dagobert a fait une belle sortie! Quel dommage que son physique soit un peu...

défectueux ! cet homme aurait pu aborder les grands premiers rôles de nos scènes parisiennes ! »

Combien j'étais enchanté de cette phrase sonore, empruntée à quelque obscur journal ! Je ne connaissais de « nos scènes parisiennes » que le Cirque, Robert Houdin et deux ou trois théâtres où l'on m'avait mené voir des féeries pendant les vacances; mais je m'étais posé aux yeux de mes camarades en « homme » habitué aux délices de l'existence mondaine; mon but était atteint.

« Avez-vous remarqué, fit un de mes amis, avec quelle grâce il s'est baissé pour ramasser son mouchoir ?

— Et la majesté avec laquelle il assujettissait ses lunettes sur son bec de corbin ! reprit un autre.

— Et la façon dont il portait son moutard, comme un factionnaire porte son fusil ! » dit un troisième.

C'était à qui lancerait le trait le plus caustique, l'épigramme la plus mordante à l'adresse du pauvre Dagobert : Dagobert, l'artiste avec son violon ; Dagobert, le savant avec son livre; Dagobert, la bonne d'enfant avec son marmot.

Depuis lors, quand nous étions fatigués de tourmenter les chevaux dans l'écurie, de mettre le désordre dans la basse-cour, de piller le fruitier et l'armoire aux confitures, nous dirigions nos promenades de désœuvrés et de fainéants, ou plutôt de malfaisants, vers l'école du village. Nous passions et repassions devant la fenêtre de la classe, écoutant la voix de M. Dagobert qui sermonait les petits écoliers rustiques. Souvent, au beau milieu d'une démonstration, au moment où il était parvenu, non sans peine, à fixer l'attention de ses auditeurs, nous nous mettions à chanter à tue-tête la fameuse chanson du bon roi Dagobert, et nous jouissions délicieusement du trouble que cette interruption violente causait au milieu du petit troupeau. Nous étions triomphants en écoutant les rires des écoliers, en voyant l'air à la fois malheureux et scandalisé du professeur.

Un jour, il m'en souvient, notre victoire fut complète ; car les plus grands, les plus mutins de la bande, fiers de marcher sur les traces des « jeunes messieurs du château », se mirent à chanter avec nous la terrible chanson.

Cette fois-là, M. Dagobert se fâcha sérieusement. Il sortit de l'école, vint à nous, et après nous avoir reproché une conduite indigne, disait-il, de jeunes gens bien élevés, il nous menaça de révéler à mon père la persécution dont il était l'objet de notre part.

Cette menace nous exaspéra. A partir de ce moment, nous lui déclarâmes une guerre à mort. Ce qui, jusque-là, n'avait été qu'une coupable étourderie devint un véritable complot ourdi avec méchanceté contre un homme qui ne nous avait fait aucun mal, et envers lequel nous n'avions d'autre grief que nos propres torts à son égard. Il est vrai que ce grief-là est celui qu'on pardonne le moins.

Que de malices, que de mauvais tours nous inventions pour tourmenter le pauvre instituteur ! Ce qu'il y avait de plus indigne, c'est que souvent nous prenions pour complices ses propres écoliers. Nous donnions quelques sous aux plus hardis d'entre eux pour les décider à remplacer dans sa tabatière le tabac par de la sciure de bois, à rayer en tous sens les verres de ses lunettes, enfin à le rendre victime des mille persécutions à l'aide desquelles les élèves des grands établissements d'institution se débarrassent du « pion » assez malheureux pour leur déplaire.

M. Dagobert, loin de déplaire à ses écoliers, paraissait en être aimé et respecté. Ses ridicules, si évidents pour nous, passaient inaperçus à leurs yeux. Nous eûmes quelque peine à leur faire trouver comiques les manières et l'extérieur d'un homme à l'autorité duquel ils s'étaient jusqu'alors aveuglément soumis; et nous préférions de beaucoup, quand la chose était possible, agir par nous-mêmes contre l'ennemi : c'est ainsi que nous avions pris l'habitude de désigner le pauvre magister.

Outre ses fonctions d'instituteur, Dagobert, pour augmenter un peu son mince revenu, remplissait encore celles de ménétrier. Assez bon musicien, il jouait du violon pour faire danser les invités de toutes les noces célébrées aux alentours, et partout il voyait des mains amies se tendre vers lui, des regards sympathiques se fixer sur son laid, mais honnête et bon visage.

Un de nos plus grands plaisirs était d'aller le soir regarder à la vitre de sa chambre et de l'interrompre par nos cris au milieu de ses études musicales, seule distraction qu'il se permît après une journée de pénible labeur.

Rien n'aurait été plus facile au pauvre brave homme que de faire cesser cette odieuse persécution en allant se plaindre à mon père, qui nous aurait vertement réprimandés. Mais, indulgent jusqu'à la faiblesse, il se bornait à nous menacer de le faire, et ne mettait point à exécution des menaces dont nous avions fini par nous moquer comme nous nous moquions de ses lunettes, de son mouchoir à grands carreaux, de son parapluie déchiré, inutile abri contre les averses, et de ses habits râpés.

L'époque de mon retour au lycée arriva; je quittai le village pour reprendre mes études, et je ne songeai plus à M. Dagobert.

Six mois plus tard, mon père me fit venir à la campagne pour un jour seulement. Il avait résolu de mettre les vacances à profit en entreprenant avec moi un assez long voyage, et il ne pouvait m'accorder qu'un jour de repos avant notre départ.

Ne sachant à quoi employer ma soirée, ennuyé de mon isolement, — car mon père, occupé de ses préparatifs, ne songeait point à moi, — je me dirigeai machinalement vers la maison d'école habitée par M. Dagobert.

Comme on était en vacances, je ne m'étonnai pas de voir la salle d'étude vide, et j'allai me placer à mon poste habituel d'observation, près de la fenêtre de la chambre à coucher.

Le spectacle qui frappa mes regards me surprit et me causa une impression pénible, contre laquelle j'essayai vainement de lutter. Il semblait qu'un poids invisible oppressât ma poitrine, et, malgré mes efforts pour trouver le côté ridicule de ce que je voyais, une émotion indéfinissable s'emparait de moi peu à peu.

Le désordre qui régnait dans la chambre annonçait un départ prochain : une malle était entr'ouverte, quelques paquets de livres soigneusement attachés; le violon, fidèle compagnon des longues soirées solitaires, était accroché au-dessus du lit sans rideaux; des jouets d'enfants gisaient çà et là sur le plancher. Dagobert, assis près de la table chargée de vieux volumes, lisait attentivement, tout en faisant sauter doucement sur son bras gauche un enfant encore au maillot. De temps en temps il interrompait sa lecture pour essuyer ses yeux avec le mouchoir à carreaux dont jadis nous avions tant ri. A ses pieds un autre enfant un peu plus âgé, — celui qui l'accompagnait lors de notre première rencontre, — dormait paisiblement dans un mauvais berceau en bois qui rappela à mon esprit la crèche du divin Enfant que ma mère m'avait, dès mes premières années, enseigné à prier.

Cette humble scène d'intérieur avait dans sa simplicité un aspect si navrant, que j'eus comme le pressentiment d'un malheur. Presque involontairement, je poussai la porte. Elle n'était pas fermée, et je me trouvai dans la chambre, près de Dagobert, avant même d'en avoir eu l'intention.

Le petit dormeur, réveillé par le bruit, se mit à pleurer; Dagobert leva les yeux et tressaillit en m'apercevant.

« Pardon, balbutiai-je avec embarras, je vous dérange peut-être, Monsieur? »

Mon trouble et la politesse avec laquelle je lui parlais amenèrent un sourire bienveillant sur ses lèvres. Il me désigna une chaise.

« Asseyez-vous, Monsieur, dit-il, et pardonnez-moi de vous recevoir au milieu de ce désordre, inévitable au moment d'un départ.

— Vous partez? fis-je avec effort, mais pas pour longtemps, n'est-ce pas?

— Je pars pour toujours, répliqua-t-il avec douceur.

L'inspecteur qui a visité mon école y a remarqué une insubordination qui ne me permet plus de faire le bien ici. On me met en disponibilité; la mesure est bien dure pour moi, mais je comprends qu'elle est nécessaire.

— On vous donne une autre place, au moins ?

— On me *promet* une autre place, reprit-il en appuyant sur ce mot. Mais je suis vieux, il y a de jeunes instituteurs à pourvoir, on m'oubliera sans doute.

— Oh ! c'est impossible, ce serait affreux. »

Dagobert secoua tristement la tête.

« Ce qui m'inquiète, dit-il, c'est le sort de ces deux pauvres orphelins, enfants de ma fille, morte l'année dernière; ils n'ont au monde d'autre soutien que leur vieux grand-père, et, vous le voyez, il ne peut pas grand'chose pour eux. »

Il détourna la tête en essuyant une larme; puis il reprit d'une voix plus ferme :

« J'ai tort de désespérer; tout ici-bas dépend de la volonté divine; si le Seigneur nous frappe, il saura nous secourir. »

Je jetai un regard sur le livre placé devant lui, c'était la Bible.

Ainsi, pas un reproche ne s'échappait des lèvres de cet homme de bien en présence de celui qui avait causé tout son malheur.

Oh ! comme je me trouvais petit devant lui ! je suffoquais, j'aurais voulu lui demander pardon à genoux.

La vanité m'en empêcha. J'avais, en effet, le droit d'être vain !

« A demain ! » dis-je seulement d'une voix étouffée.

Je m'enfuis, bien décidé à prier mon père de venir en aide au malheureux instituteur. Je ne dormis pas de la nuit, et le lendemain matin je courus à la maison d'école.

Elle était vide.

Je n'ai jamais revu M. Dagobert. Qu'est-il devenu ?

Ah ! croyez-moi, railleurs incorrigibles, réfléchissez avant de tourner en ridicule des gens inoffensifs, et vous vous épargnerez de cruels remords !

LES CHANTEURS DE NOËL

Alléluia ! alléluia ! c'est la nuit sainte, la nuit joyeuse. C'est la nuit où va s'accomplir le grand mystère d'un Dieu fait homme pour nous sauver.

C'est la nuit de Noël, enfin ; et Jésus, le Sauveur du monde, dort dans une étable comme un pauvre et faible enfant, le plus humble parmi les humbles.

Alléluia ! réjouissons-nous, et chantons un cantique d'actions de grâces à ce Dieu si bon, qui nous aime au point de descendre jusqu'à nous afin de mieux nous aider à monter jusqu'à lui.

Au firmament apparaît une étoile brillante ; est-ce l'étoile qui guida les rois d'Orient jusqu'à l'étable de Bethléhem ? .. Dans tous les cœurs une voix mystérieuse parle d'espérance et de pardon ; n'est-ce pas la voix de l'ange qui invita les bergers à venir adorer le Sauveur dans la crèche ?...

De tous côtés on obéit à ces messagers divins. Partout où la lumière du christianisme a remplacé les ténèbres de l'ignorance, partout où les hommes ont conservé leur raison et le sentiment de la dignité humaine, on se dirige en foule vers la maison de Dieu.

Alléluia ! cette nuit est vraiment bienheureuse entre toutes. En dépit du vent glacial et de la neige, les campagnes résonnent de joyeux accents; des milliers de lumières courant çà et là semblent autant d'étoiles destinées à guider les pèlerins.

Priez, braves gens, priez. Le Seigneur, aujourd'hui, exauce toutes les prières des cœurs simples et confiants. Mais, à votre tour, ne repoussez pas la prière des petits et des faibles. C'est aujourd'hui leur fête, ils ne doivent pas verser de larmes, ils doivent se réjouir, au contraire. Faites-leur donc bon accueil en l'honneur du Seigneur tout-puissant qui, pour vous racheter, consentit à être, lui aussi, petit et faible dans l'étable de Bethléhem.

Dans tous les pays chrétiens, au sommet des montagnes comme au fond des vallées, au bord de l'Océan comme dans les profondeurs des forêts; au village, à la ville, dans le palais, dans la chaumière, on attend, on appelle les pauvres, les déshérités de ce monde, car ils sont aujourd'hui les seigneurs de la terre. Partout les portes s'ouvrent toutes grandes pour leur livrer passage, et malheur à la demeure sur le seuil de laquelle aucun pauvre ne pose le pied pendant cette nuit bénie et solennelle! malheur à la maison que les chanteurs de Noël délaissent pour aller porter ailleurs leurs doux et joyeux refrains!

Car ils arrivent tous en chantant, les pauvres gens, transis de froid, mourant de faim. Ils n'ont pas encore pris place aux foyers hospitaliers, que déjà l'espoir du bon accueil qui les attend leur a fait oublier leurs souffrances.

Alléluia! alléluia! C'est la fête de la charité. Braves gens qui priez, ouvrez vos cœurs, ouvrez vos mains; tendez les bras à vos frères pauvres, car ils sont aussi les frères du doux Enfant Jésus qui repose là-bas dans la crèche. Alléluia! C'est la fête de charité. Faites place aux chanteurs de Noël.

Jeunes et vieux, grands et petits, pauvres, faibles ou infirmes, tous sont gais, tous chantent pour célébrer la naissance du Sauveur.

Voici les petits rois Mages; de beaux enfants, dont les misérables habits brillent comme des soleils sous les étoiles de papier doré qui les couvrent; voici les bergers avec leur gibecière destinée à recueillir les dons des âmes charitables; voici les pauvres mères, portant leur nourrisson sur le bras et chantant des cantiques en l'honneur de la Vierge Marie, la mère du petit Jésus, qui, elle aussi, dut implorer de la charité des bons cœurs un abri pour son cher enfant.

Et les vieillards à la voix chevrotante, ne les entendez-vous pas chanter aussi, et répéter le cantique du saint vieillard Siméon? Toutes ces voix réunies s'unissent au milieu de la nuit glaciale de décembre. Elles montent au pied du trône de l'Éternel; elles y portent les bénédictions du pauvre; et ces bénédictions deviendront, dans la main du Seigneur, autant de grâces célestes accordées aux riches bienfaisants qui auront su faire un bon emploi de leurs trésors.

C'est la fête de la charité. Heureuse entre toutes la demeure aux portes de laquelle les petits, les pauvres et les faibles accourent en foule, certains qu'ils sont d'y trouver un bon accueil! Heureux le maître de maison qui entend résonner à ses oreilles le joyeux concert des chanteurs de Noël! Il peut être sûr que la bénédiction divine reposera sur lui et sur les siens. Alléluia! alléluia!

Mais plaignez, oh! plaignez la maison solitaire dont les vitres ne sont pas ébranlées par le bruit des joyeux refrains; la maison près de laquelle les chanteurs de Noël passent rapidement sans s'arrêter. Plaignez surtout le maître de cette demeure, l'avare au cœur dur. Privé des jouissances ineffables que procure la charité, il n'entend retentir à ses oreilles que le son métallique des pièces de monnaie entassées dans son coffre-fort; il ignore combien sont doux les accents des chanteurs de Noël.

Mais le croyant, l'homme généreux et bon, le cœur aimant, capable de comprendre et d'apprécier le bonheur qu'on trouve à faire des heureux, n'est-il pas à plaindre, lui aussi, lorsqu'il doit passer dans l'isolement cette nuit de prière et de bonheur, pendant laquelle tant de regards francs et affectueux se rencontrent, tant de mains loyales se tendent les unes vers les autres?

Dans la triste solitude à laquelle il se trouve condamné, il se rappelle le temps où il écoutait avec ravissement les refrains des chanteurs de Noël. Il songe aux jours heureux de son enfance, au foyer de la maison paternelle, à la salle bien chauffée; il revoit la table étincelante de lumière, l'arbre de Noël, aux vertes branches duquel les mains d'une bonne mère avaient suspendu les jouets et les bonbons destinés à faire le bonheur des bambins et à graver dans leur mémoire enfantine le souvenir du petit Jésus.

Il pense, il se souvient, et son cœur se serre en comparant les joies du passé à la tristesse du présent. Il soupire, il gémit; la fausse honte, qui souvent empêche les hommes de dévoiler la blessure qui fait saigner leur cœur, ne peut le retenir, car il est seul, bien seul. Nul ne le voit, nul ne l'entend; nul ne se souvient même de son existence, si ce n'est Celui dont l'infinie miséricorde veille sur les déshérités de ce monde et les choisit pour ses enfants de prédilection; celui pour qui la nuit n'a pas de ténèbres, et qui prête à la voix isolée s'élevant du désert une oreille plus attentive peut-être qu'aux concerts les plus magnifiques.

Alléluia ! répètent les habitants de la vallée, chaudement installés, au retour de la messe de minuit, dans leurs demeures, où le bruit des chants et des rires les empêche d'entendre le vent glacial qui souffle au dehors, faisant rage contre les murailles comme s'il tentait de les renverser.

La neige tombe en abondance. Poussée par le vent, elle voltige et tourbillonne; elle s'élève comme une poussière blanche, puis retombe encore, couvrant le sol d'une nappe si épaisse, qu'elle atteint presque à la hauteur d'un homme de bonne taille.

A mesure qu'on avance dans la montagne, la tempête augmente de violence; pas un téméraire n'oserait se hasarder à voyager par un temps pareil. La nature semble inanimée sous son vaste linceul blanc. Les bruits de la vallée, dominés par la grande voix de l'ouragan, n'arrivent pas jusqu'à ces régions solitaires. Les lueurs des foyers et des bougies allumées, illuminant les vitres de chaque maison, disparaissent derrière l'épais rideau de neige qui s'étend, comme un voile impénétrable, entre les joies du monde et la grave austérité du désert. Là-bas les chants, les rires, l'animation, le bonheur; ici la nuit, le silence, l'isolement, l'hiver dans toute son âpre majesté; la tempête qui, ne rencontrant plus d'obstacles, poursuit, presque silencieuse, sa course dans l'immensité; la neige, dont la blancheur immaculée ne garde aucune empreinte.

En haut, perdue au milieu des rocs, on aperçoit une faible lueur. Cette lueur s'échappe de la fenêtre d'un misérable chalet, adossé à une haute montagne, et disparaissant presque entièrement sous la neige.

Dans la pauvre demeure est un homme, un solitaire, le vieux berger Simon. Agenouillé devant une image sainte représentant l'Enfant Jésus dans la crèche, il vient de prier avec ferveur pour célébrer de son mieux le pieux mystère de cette nuit. Puis il s'est assis tristement près de son foyer, et maintenant il pense, il se rappelle les jours passés; il regrette, il souffre, et une larme glisse, sans même qu'il s'en aperçoive, le long de sa joue ridée.

« Quelle différence! murmure-t-il. Jadis, à la ferme de mon père, on célébrait joyeusement cette fête; les chanteurs de Noël venaient en foule nous demander l'hospitalité, car ils étaient sûrs d'être toujours bien accueillis. Plus tard, je les recevais à mon tour; c'était pour moi en même temps un devoir sacré et un grand bonheur. La misère est venue frapper à ma porte, j'ai eu à traverser des jours bien durs; je manquais souvent du nécessaire pendant l'année; mais toujours je savais garder en réserve quelques pièces d'argent, quelques provisions pour ne pas laisser les chanteurs de Noël aller demander à d'autres le repas qu'ils étaient habitués à trouver chez moi. Combien de fois n'ai-je pas pris en pitié et en dédain mon voisin, l'avare Guillaume, qui passait la nuit de Noël sans recevoir un seul convive à sa table, sans entendre un seul chant de Noël lui prouver qu'un pauvre être malheureux avait, grâce à

Il aperçut dans les deux gerbes une multitude d'oiseaux.

sa charité, retrouvé la force et le courage de se réjouir, comme il convient à toute créature de Dieu pendant la nuit de la naissance du divin Sauveur. Et maintenant c'est à mon tour de passer la nuit de Noël dans la tristesse et l'isolement, comme le faisait l'avare Guillaume! Quel pauvre pourrait jamais s'aventurer jusqu'ici afin de frapper à ma porte pour me demander l'hospitalité et me régaler d'un chant de Noël? »

Simon achevait à peine ces paroles, qu'un faible cri se fit entendre au dehors, près de la fenêtre. Le vieillard s'approcha et vit plusieurs petits yeux noirs et brillants qui semblaient regarder avec convoitise les mets préparés sur une table pour le souper du solitaire.

Simon se hâta d'ouvrir la fenêtre, mais les petits yeux disparurent aussitôt. Des ombres légères s'envolèrent de tous côtés, et quelques cris plaintifs frappèrent de nouveau son oreille.

Il referma la fenêtre, et, se signant pieusement, dit d'une voix tremblante d'émotion :

« Que votre nom soit béni, Seigneur. Vous avez daigné envoyer les chanteurs de Noël au pauvre solitaire, et je vous promets qu'ils auront un bon repas. »

S'enveloppant d'une chaude pelisse en peau de mouton et s'armant d'une lanterne, le berger se dirigea vers une petite grange située à peu de distance du chalet. Là il prit deux gerbes, les plus belles qu'il possédât, deux grands bâtons et des cordes. Il fixa chaque gerbe au bout d'un des bâtons, puis les bâtons eux-mêmes furent solidement attachés, l'un au-dessus de la grange, l'autre au-dessus de la fenêtre du grenier du chalet.

Cela fait, Simon rentra et s'assit de nouveau près du feu, écoutant attentivement ce qui se passait au dehors. Il entendit d'abord un bruissement d'ailes, de plus en plus fort, comme si la troupe de visiteurs devenait de plus en plus nombreuse, de petits cris d'appel, de petits cris de joie, un va-et-vient continuel; puis, plus rien.

Inquiet, le vieillard sortit doucement. Il aperçut dans les deux gerbes une multitude d'oiseaux prenant leur repas : les uns, chaudement nichés au milieu de la paille, savouraient en gourmands le régal inattendu qui leur était si libéralement offert; les autres, pauvres affamés, tiraillaient avec colère la paille à laquelle ils avaient déjà pris tout le grain; d'autres voletaient çà et là, conviant leurs amis à partager avec eux la bonne aubaine.

Simon sortit, et tout joyeux d'avoir pu faire un peu de bien, rentra de nouveau chez lui.

Il y était à peine, que des milliers de petites voix claires, s'élevant au milieu du silence de la nuit, se mirent à gazouiller si joyeusement, qu'à les entendre on se serait cru au printemps, alors que le soleil brille, éclairant de ses rayons la fraîche verdure des arbres et les lilas en fleurs.

Simon ferma les yeux. Doucement bercé par le concert des petits chanteurs, il oublia le froid et la neige, et la solitude et sa tristesse. Il s'endormit d'un paisible sommeil, et revit en songe le jardin plein de fleurs où s'était écoulée son enfance, la bonne mère qu'il avait tant aimée, les gais compagnons des heureuses années de sa jeunesse.

Quand il s'éveilla, le soleil était déjà haut sur l'horizon. Les chanteurs de Noël étaient partis, et les gerbes complètement dépouillées de leurs grains prouvaient que le repas offert par le berger avait été du goût de ses hôtes.

Simon prit son livre de prières afin de commencer dignement sa journée.

Il l'ouvrit au hasard, et les premiers mots qui frappèrent ses regards furent ceux-ci :

« En vérité je vous le dis, un verre d'eau donné en mon nom sur cette terre vous amassera des trésors dans le ciel. »

UN TYRAN SUBALTERNE

C'était pendant le désastreux hiver de 1870-71; le froid, on s'en souvient, était des plus rigoureux, et les malheureux habitants de l'Alsace, déjà si cruellement éprouvés par le fléau de la guerre, avaient encore à supporter les souffrances amenées par une saison exceptionnellement rude.

L'immense propriété du vieux comte de Zalmer, située à une assez grande distance de la frontière, n'avait point encore, au moment où se passe notre récit, reçu la visite des envahisseurs. Mais déjà la présence de leurs éclaireurs avait été signalée aux environs, et chaque jour on pouvait s'attendre à les voir arriver.

Les dangers qui menaçaient ses biens ou sa personne préoccupaient fort peu le comte de Zalmer. Toutes ses pensées étaient pour son pays et pour son fils Georges, parti comme volontaire avec Francis, compagnon de son enfance et fils unique de Jean Meister, garde-chasse du comte.

Jean Meister était entré fort jeune au service de M. de Zalmer, qui avait fait élever Francis avec Georges, et l'avait toujours traité comme son propre enfant plutôt que comme le fils d'un subalterne.

Aussi le garde-chasse était-il sincèrement dévoué à son maitre. Il défendait ses intérêts avec plus d'ardeur que le comte n'aurait pu le faire lui-même, et, pénétré du sentiment de son importance, fier de la confiance que lui témoignait M. de Zalmer, il traitait avec une rigueur excessive tous les pauvres gens que leur mauvaise chance plaçait sous sa dépendance.

Cette conduite, on le comprend, était loin de lui faire des amis. Jean Meister, en dépit de sa probité, de son dévouement au comte et des qualités qui le rendaient digne de l'estime des honnêtes gens, était généralement détesté. On redoutait sa rencontre, et non seulement les braconniers, mais les gens les plus inoffensifs tâchaient de l'éviter, car on savait combien il était habile à transformer en délit et en contravention les actions les plus innocentes.

Il semble que, dans les tristes circonstances où se trouvait le pays, la sévérité du garde-chasse aurait dû beaucoup diminuer; car, en l'exerçant contre ses malheureux compatriotes, il défendait maintenant non plus les intérêts de son maître, mais ceux de l'ennemi, qui bientôt sans doute allait envahir la propriété.

Malheureusement Meister était doué d'un entêtement peu commun. Il s'était dit qu'il remplirait jusqu'au bout ses fonctions de garde-chasse, et il tenait sa parole avec une aveugle obstination.

Le comte possédait une assez grande étendue de bois. Chaque matin, Meister, accompagné de son fidèle Castor, un beau chien de chasse élevé par lui et qu'il aimait beaucoup, faisait sa tournée, portant fusil et gibecière afin de tuer, s'il en trouvait l'occasion, quelque gibier pour la cuisine du château.

Pendant ces tournées, il épiait et recueillait, avec une adresse de Peau-Rouge, les moindres indices pouvant le mettre sur la trace des braconniers ou des maraudeurs qui poursuivaient le gibier du comte ou ramassaient les branches de bois mort tombées de ses arbres.

M. de Zalmer avait souvent, — surtout depuis le commencement de la guerre, — recommandé à son garde-chasse de fermer les yeux sur ces petits délits causés trop souvent par l'excès de la misère. Mais l'habitude était prise. Il n'était plus au pouvoir de Jean Meister de cesser de surveiller. Or, lorsque cette surveillance incessante l'amenait à découvrir quelque atteinte portée aux droits de son maître, il ne pouvait pas davantage s'empêcher d'appréhender les délinquants, de prendre par écrit leurs nom, prénoms, lieu de naissance, etc., enfin tous les renseignements propres à faciliter les poursuites d'un tribunal, et surtout, — ce qui, au fait, était le plus grave de l'affaire, puisque le comte n'autorisait jamais de poursuites judiciaires, — de saisir le corps du délit.

Cet acte d'autorité amenait souvent, de la part des coupables, une explosion de désespoir capable d'attendrir un cœur moins ferme que celui du garde-chasse. Mais, pendant ses longues années d'exercice, Jean Meister avait eu le temps de se blaser sur ce qu'il traitait de jérémiades et de comédies. Il se montrait inflexible, et sentait quelque fierté d'avoir prouvé ce qu'il nommait « sa force de caractère », et que d'autres auraient, à plus juste titre, appelé son entêtement.

Un jour, malgré la neige qui, tombée abondamment pendant la nuit, couvrait le sol d'un épais tapis, le garde-chasse, s'étant muni de sa pipe comme arme défensive contre le froid, se mit en route selon son habitude.

Si quelqu'un a passé dans le bois ce matin, pensait-il, je n'aurai pas grand'peine à le deviner. Je défie qu'on fasse un seul pas sur ce beau tapis blanc sans y laisser de traces. Mais les maraudeurs sont trop fins pour se laisser prendre si aisément, et pas un d'eux, sans doute, n'aura commis l'imprudence de s'aventurer sur nos terres par un temps pareil.

Soudain il s'arrêta en poussant une exclamation de surprise.

Il venait d'apercevoir des empreintes de pas marquées très distinctement sur la neige. Les empreintes, petites et peu profondes, semblaient venir d'une femme ou d'un enfant.

« Oh ! oh ! dit Jean Meister, voilà une hardie voleuse ! Elle aura cru, sans doute, que le mauvais temps m'empêcherait de sortir, et quand le chat n'y est pas, dit-on, les souris dansent. Elle apprendra bientôt à ses dépens qu'un garde-chasse digne de confiance ne reste pas au coin de son feu pour laisser le champ libre aux maraudeurs. »

Tout en parlant, il avait regardé la direction des pas et s'était mis à marcher dans cette direction. Bientôt le bruit sec des branches que l'on cassait lui annonça le voisinage de la personne qu'il espérait surprendre en flagrant délit. Retenant alors son chien pour l'empêcher de donner l'éveil, il doubla le pas, et vit enfin une jeune femme en deuil, tellement occupée à entasser des branches de bois mort sur une espèce de petit chariot, qu'elle ne s'était point aperçue de son approche.

« Ah ! fit brusquement Meister, je vous y prends donc à voler le bois de M. le comte ! Qui êtes-vous ? Quelque rôdeuse sans doute ! Assurément vous n'êtes point du pays, car c'est la première fois que je vous vois. »

Aux premiers mots du garde-chasse la jeune femme avait tressailli, et son pâle visage était devenu pourpre de honte et d'indignation.

« Je ne suis point une voleuse, ni une rôdeuse, répliqua-t-elle d'une voix émue. Je me nomme Claudine Martin, et j'habite à une lieue d'ici, dans le hameau de S..., où les Allemands sont déjà venus plusieurs fois faire des réquisitions, quoique tous les habitants soient bien pauvres. Mon père et mon mari sont morts depuis le commencement de la guerre; je suis maintenant seule au monde. Hier, deux blessés prisonniers des Prussiens, et qui sont parvenus à s'échapper de leurs mains, sont venus me demander asile. L'un d'eux est grièvement atteint, et ce froid si dur augmente ses souffrances. N'ayant pas de quoi faire du feu, ne voulant pas m'exposer à être insultée en allant chercher du bois dans les forêts occupées par les soldats étrangers, je suis venue jusqu'ici. Je ne me cachais même pas. Je ne fais de tort à personne en enlevant ces branches, qui demain peut-être seront brûlées par les Allemands; je rends, au contraire, service à deux de nos pauvres blessés, et vous ne m'empêcherez certainement pas d'enlever ce bois.

« Quoi ! dit Claudine, vous prétendez retenir ce bois? »

— Ta ta ta, voyez-vous comme nous raisonnons ! fit le garde-chasse. Malheureusement je ne crois pas un mot de tout ce que vous venez de me raconter. Si l'on voulait écouter les maraudeurs, ils auraient tous à leur service des histoires prouvant qu'ils sont les êtres les plus innocents du monde. Je prends votre nom, celui du village où vous habitez, et je vous engage à partir sur-le-champ, si vous voulez que l'affaire en reste là.

— Quoi ! fit Claudine consternée, vous prétendez retenir ce bois ?

— Elle est incroyable, en vérité ! Ah çà ! voyons, ce bois vous appartient-il ? S'il n'est pas à vous, je ne vois aucune bonne raison pour vous permettre de l'enlever.

— Mais puisque je vous dis que je l'ai ramassé pour un malheureux blessé qui va peut-être mourir de froid ! reprit Claudine, dont le visage se couvrit de larmes.

— Je sais, je sais parfaitement que vous me dites cela ; mais je vous répète, moi, que je n'en crois rien. Et maintenant, hâtez-vous de déguerpir si vous n'avez pas envie d'être arrêtée et conduite en prison.

— Je m'éloigne, fit Claudine en jetant encore un regard affligé sur le bois si péniblement ramassé par elle. Mais si, grâce à votre dureté, il arrive malheur à un pauvre blessé, que ce malheur retombe sur vous et sur ceux que vous aimez ! »

La jeune femme, obéissant à l'ordre qu'elle avait reçu, s'éloigna rapidement après avoir prononcé, d'un ton presque prophétique, cette espèce de malédiction.

Le garde-chasse, si indifférent d'ordinaire aux plaintes et aux reproches des gens victimes de sa rigueur, ressentit une impression violente et douloureuse en écoutant Claudine. Il se rappela son fils, celui du comte, son bienfaiteur, qui, eux aussi, pouvaient être blessés, errant sans asile, exposés à mourir faute d'un peu de feu. Un instant il eut l'idée de rappeler celle qu'il venait de traiter si durement, et de l'autoriser à enlever le bois. Mais elle était déjà loin.

Jean Meister secoua la tête comme pour repousser cette bonne inspiration, et dit à haute voix, comme s'il eût cherché à s'excuser vis-à-vis de sa propre conscience :

« Bah ! ce sont des contes à dormir debout ! Je suis sûr que ces deux militaires blessés n'ont jamais existé que dans son récit. »

Cependant le garde-chasse restait, malgré lui, sous l'empire d'une étrange préoccupation. Il abrégea, ce jour-là, sa tournée quotidienne, et rentra chez lui tout pensif.

Le soir, suivant son habitude, il alla rendre compte à M. de Zalmer des incidents de la journée, et parla de Claudine.

Le comte le blâma sévèrement de sa dureté :

« Malheureux ! dit-il, tu prétends que l'histoire des deux blessés a été inventée par la femme que tu as chassée ! D'abord, quand même ce fagot de bois mort n'aurait rendu service qu'à cette pauvre femme, notre compatriote, cela aurait encore mieux valu que de le garder pour les soldats ennemis. Et puis, comment, toi qui as un fils sous les drapeaux, n'as-tu pas songé à lui? Quels ne seraient pas tes remords, si, ce qu'à Dieu ne plaise, ces deux blessés étaient nos deux pauvres enfants, peut-être condamnés à mort par la coupable manie que je t'ai si souvent reprochée, d'exercer ton autorité à tort et à travers? »

Le garde-chasse courba la tête sans répondre, car il sentait au fond de l'âme combien son maître avait raison.

En ce moment, un grand bruit se fit entendre dans la cour du château. Les domestiques restés au service du comte poussaient des cris de surprise, et M. de Zalmer, croyant que les Allemands envahissaient sa demeure, se leva pour aller à leur rencontre.

Il avait à peine eu le temps de faire deux pas vers la porte de la salle, qu'elle s'ouvrit, livrant passage à Georges de Zalmer, pâle, défaillant, et portant un bras en écharpe.

« Mon fils ! » s'écria le comte ouvrant ses bras au jeune homme, tandis que Jean Meister chancelait en murmurant :

« Grand Dieu ! est-ce qu'en effet ce seraient eux ?

— Mon père, dit Georges d'une voix faible, envoyez tout de suite des hommes avec un brancard au village de S..., chez une femme qui se nomme Claudine Martin : Francis est là, blessé, peut-être mortellement. Le froid aggrave son état de minute en minute, et la pauvre Claudine n'a pu se procurer du bois. »

Georges avait entrepris, pour sauver son compagnon d'enfance, une tâche au-dessus de ses forces. Épuisé, il perdit connaissance, et tandis que le comte lui prodiguait des soins, le garde-chasse, presque fou de douleur et de remords, partait en toute hâte avec deux hommes portant un brancard, afin de ramener son fils.

L'état du pauvre Francis semblait désespéré. Il ne vit même pas son père. Claudine, en reconnaissant le vieillard, eut pitié de lui ; elle s'efforça de le rassurer sur l'état du blessé, et accompagna jusqu'au château le triste cortège.

Pendant plusieurs jours, Francis fut entre la vie et la mort. Enfin Dieu prit en pitié son malheureux père, et le jeune homme entra en convalescence.

Le cadre de ce modeste récit est trop restreint pour que nous puissions parler des terribles événements qui s'accomplirent à cette époque fatale. Nous devons les passer sous silence et retrouver nos deux héros, deux ans plus tard, dans une propriété dont le comte de Zalmer, qui tenait à rester Français, avait fait l'acquisition en Champagne.

Georges, ayant pris goût à l'état militaire, s'est engagé définitivement, et a déjà obtenu le grade de sous-lieutenant. Francis, ayant, au contraire, quitté le service, a épousé Claudine. Quant à Jean Meister, qui a conservé la place de garde-chasse dans la nouvelle propriété du comte, la terrible leçon qu'il a reçue lui a été profitable. Il se montre maintenant aussi doux et bienveillant qu'il était jadis rébarbatif. Les intérêts du comte n'en souffrent point, au contraire; car tous les habitants du pays, étant les amis du brave garde-chasse, se feraient un cas de conscience de marauder sur les terres du maître auquel on sait qu'il est tout dévoué.

A QUI VEUT MAL, MAL ARRIVE

Point n'est besoin d'aller dans les grandes cités pour rencontrer les rivalités et les discordes qui, de tout temps, ont divisé les humains. Point n'est besoin de faire de longs voyages pour voir se développer l'inimitié, la malveillance et les autres sentiments peu chrétiens, suite habituelle de ces discordes ; pour assister aux malices plus ou moins innocentes, manifestation ordinaire de ces sentiments.

Les voyageurs qui ont visité la Bretagne savent combien est invétérée l'antipathie existant entre les *Plougastel* et les gens du *pâïs*. Les Plougastel forment une sorte de colonie qui ne se mêle point aux autres habitants de la contrée ; ils se marient entre eux, et quand, par extraordinaire, un Plougastel contracte une alliance hors de sa « tribu », il faut voir avec quel dédain les autres Plougastel disent de lui :

« Un tel a fait un triste mariage ! Il a épousé une fille du *pâïs* (pays). »

Mon intention n'est point de retracer ici des luttes, peut-être héroïques, mais dont le bruit ne parviendra sans doute pas jusqu'aux oreilles des générations futures. Je voulais seulement prouver que les passions humaines sont partout les mêmes, quelle que soit la scène sur laquelle elles s'agitent, et que leurs conséquences, partout analogues, n'empêchent cependant personne de tomber dans les mêmes erreurs. Cette triste vérité, malheureusement trop évidente, pourrait nous amener à penser que le mot *progrès*, si souvent employé de nos jours, est à peu près dépourvu de sens. L'expérience le démontre : presque tous les progrès arrivent, en suivant une marche ascendante, jusqu'à l'exagération, au delà de laquelle se trouve la confusion, le chaos, qui nous ramène fatalement à des ténèbres plus épaisses que celles dont les premiers progrès accomplis avaient d'abord semblé devoir nous tirer.

Est-ce à dire que tout progrès soit en lui-même une chose mauvaise et dangereuse ? Non, certes ; loin de là ! Seulement, dans le progrès comme en toute chose ici-bas, l'important est de savoir s'arrêter à temps et de ne pas vouloir dépasser les limites de la puissance et de l'intelligence humaines. La tour de Babel, si les hommes avaient su modérer leur ambition, aurait pu être un monument remarquable ; bon nombre d'inventions modernes, excellentes dans le principe, sont devenues détestables à force de perfectionnements.

Mais, encore une fois, il ne s'agit ici ni d'ambitions plus ou moins déçues, ni d'inventions plus ou moins perfectionnées. Je veux raconter une très simple histoire, — ou plutôt historiette, — arrivée à de très simples habitants d'un très petit pays. Ces habitants, cependant, avaient leurs passions, bonnes ou mauvaises, qui amènent des conséquences plus ou moins funestes, tout comme les grands citadins, les grands industriels, les grands politiques, etc. Cette unique analogie est, à vrai dire, la seule raison que je puisse trouver pour motiver un préambule, plus long peut-être que mon histoire elle-même.

Donc, et sans m'arrêter davantage à des digressions inutiles, je commence mon récit.

Entre Nantes et Loudéac se trouvent plusieurs villages; or, à une époque que je me garderai bien de désigner, deux des moins importants parmi ces villages, si peu importants qu'on aurait pu les traiter de hameaux, étaient en guerre. La mésintelligence avait jadis éclaté, si j'ai bonne mémoire, à propos d'un ruisseau séparant le territoire des deux villages, — lisez hameaux, — et dont chacun d'eux revendiquait l'entière propriété. Au surplus, les causes premières de la querelle remontaient déjà si loin, que les anciens du pays auraient pu seuls donner à ce sujet des renseignements précis. Mais, si le motif de l'inimitié était oublié, l'inimitié subsistait toujours, et, chose singulière, elle allait sans cesse grandissant à mesure que le souvenir des griefs respectifs allait s'affaiblissant. Quand je vous disais que l'esprit humain, cultivé ou inculte, à la ville ou au village, a partout les mêmes tendances!

Le sentiment de discrétion qui m'interdit de préciser l'époque à laquelle s'est passée la mémorable aventure dont le récit va suivre, ne me permettant pas davantage de citer les noms véritables des deux « villages », je me bornerai à les désigner par les lettres X et Y.

Au village de X vivait une vieille femme, la mère Madeleine, dont toute la fortune consistait en une cabane qu'elle habitait avec sa petite fille Yvonnette, et en une vache, dont le lait, vendu à Loudéac, procurait aux deux femmes le peu d'argent nécessaire à leurs besoins.

Yvonnette avait seize ans. Elle était fraîche et gentille, mais malicieuse à l'excès. Comme ses espiègleries les moins excusables étaient toujours approuvées par les habitants de X, lorsqu'elles s'exerçaient contre les habitants de Y, la fillette, sûre de l'impunité, s'était habituée à choisir ceux-ci pour victimes de tous les mauvais tours que sa petite cervelle pouvait inventer.

Les habitants de Y lui rendaient, on le comprend, inimitié pour inimitié. Ils en étaient venus à considérer Yvonnette comme la personnification de tous les mauvais sentiments des habitants de X, et ils ne se faisaient pas faute de lui témoigner leur rancune chaque fois que l'occasion s'en présentait.

Mais l'occasion ne s'en présentait pas souvent; Yvonnette était plus fine qu'eux. Elle se tenait sur ses

Adieu veau, vache, cochon, couvée !

gardes, et les braves paysans étaient attrapés vingt fois pour une.

Un seul des habitants d'Y ne partageait pas l'antipathie de ses concitoyens contre l'espiègle fillette. Jacques, le fils du garde champêtre, avait maintes fois pris sa défense et cherché à l'excuser, en attribuant à l'enfantillage les malices qu'on lui reprochait.

Il comprenait cependant qu'Yvonnette jouait là un jeu dangereux et que, la patience de ses victimes venant à se lasser complètement, la jeune fille pourrait un jour avoir à rendre un compte sévère de tout le mal qu'elle aurait fait. La pensée que son père, à lui Jacques, serait peut-être obligé d'arrêter Yvonnette pour quelque délit prévu par la loi, tels que dégâts causés dans les champs, troupeaux dispersés, et autres exploits habituels de la petite-fille à Madeleine, était insupportable à Jacques.

Tant et si bien que, n'y pouvant plus tenir, il résolut de donner un sage conseil à l'enfant, et s'en fut l'attendre, dans un petit chemin proche du ruisseau, objet de l'ancien litige entre les deux pays.

C'était par une belle matinée de printemps ; le soleil brillait, les oiseaux gazouillaient ; Yvonnette, en s'en allant, comme chaque jour, porter à Loudéac le vase de lait en échange duquel on lui donnait un nombre raisonnable de gros sous, était plus gaie encore qu'à l'ordinaire. Elle avait pour cela d'excellentes raisons : c'était son jour de naissance, elle entrait dans sa dix-septième année, et pour fêter dignement cette époque solennelle, la grand'mère avait autorisé sa petite-fille à s'acheter quelque colifichet avec le prix du lait qu'elle portait à la ville.

Malheureusement la bonne humeur d'Yvonnette amenait habituellement chez elle une disposition malicieuse plus grande que jamais, et la jeune fille, tout en fredonnant, cherchait dans son esprit quel tour elle pourrait jouer aux habitants d'Y.

Elle fut tirée de sa préoccupation par le salut de Jacques. Le brave garçon était un peu troublé ; il voulait rendre service à la fillette et craignait en même temps d'être blâmé par son père, si celui-ci était avisé de sa démarche. Aussi, ne voulant pas s'arrêter longtemps, dit-il avec une certaine précipitation :

« Salut, mamzelle Yvonne ! Faites excuse si je vous dérange ; mais je vous porte trop d'intérêt pour vous laisser arriver mal, et je voulais vous avertir qu'il se manigance quelque chose à X contre vous.

— De vrai, monsieur Jacques? répliqua l'espiègle en riant ; c'est tout de même bon à vous de m'avertir : et de quoi donc s'agit-il, s'il vous plaît ?

— Ne me trahissez pas, au moins, car on ne me pardonnerait point de vous avoir prévenue ; mais là-bas, à l'entrée du champ où vous allez souvent détacher les bestiaux qu'on y a mis et les faire sauver, ils sont une demi-douzaine de gens cachés derrière la haie pour vous attraper au passage et vous faire arrêter par mon père le garde champêtre.

— Ah bah ! fit Yvonnette ; merci bien, monsieur Jacques, de m'avoir prévenue ; je vous revaudrai ça. »

Avant que le jeune homme eût eu le temps de s'opposer à son dessein, la fillette, faisant quelques pas vers la haie où les gens d'Y étaient cachés, se mit à crier à tue-tête :

« Eh ! oh ! eh ! là-bas ! ne vous fatiguez pas à m'attendre ! Je n'irai point aujourd'hui lâcher vos bestiaux ; le grand Jacques m'a prévenue ! »

A ces cris cinq ou six gars s'élancèrent furieux vers Jacques tout décontenancé. Yvonnette, riant aux éclats, prit la fuite, non sans retourner parfois la tête pour mieux entendre le bruit de la lutte entre Jacques et les garçons qui voulaient le rosser.

Mais, quand on court en regardant derrière soi, il n'est guère possible de voir les obstacles qui barrent le chemin. Yvonnette alla se jeter étourdiment contre une barrière, et le vase de lait, rudement heurté, vola en éclats, laissant échapper son contenu, au grand désespoir de la rieuse, qui, cette fois, ne riait plus.

Ç'aurait été le cas de dire, comme le bon la Fontaine à la laitière Perrette :

Adieu veau, vache, cochon, couvée!

Mais Yvonnette ne connaissait ni le bon la Fontaine, ni la laitière Perrette.

Seulement elle reconnut bien le grand Jacques, lorsqu'il passa près d'elle, le visage meurtri et ensanglanté, et qu'il lui dit sévèrement, en montrant les débris épars sur la terre :

« A qui veut mal, mal arrive. »

Yvonnette comprit qu'il avait raison.

Alors, dit un lecteur, la ressemblance n'est point complète entre les grandes cités et les petits pays; car plus on progresse, moins d'ordinaire on profite des leçons de l'expérience.

Attendez donc, ô lecteur impatient! J'ai dit : Yvonnette comprit que Jacques avait raison.

Mais je n'ai point affirmé que cette leçon d'expérience lui serait profitable. Combien de gens, très disposés à reconnaître que les autres ont raison en théorie, se refusent absolument à mettre leurs conseils en pratique! Je parie qu'Yvonnette, malgré toute sa malice, se laissera attraper par les gens d'Y.

Car, cette fois, Jacques ne la préviendra plus.

A moins cependant que lui aussi ne soit incorrigible.

ON A SOUVENT BESOIN D'UN PLUS PETIT QUE SOI

C'est encore en Alsace que nous allons nous rendre ; j'aime ce pays, et nul, j'en suis sûr, ne me fera un crime de cette prédilection.

Quand une famille a le malheur de perdre un de ses membres, ne semble-t-il pas toujours que celui-là était le préféré ? n'est-ce pas son souvenir qu'on aime à évoquer ? n'est-ce pas son nom qui revient le plus souvent dans les causeries intimes de la veillée ?

En Alsace donc, non loin d'un petit hameau dont j'ai oublié le nom, cheminaient deux voyageurs de commerce, un Anglais et un Français. Après avoir fait connaissance à table d'hôte, ils s'étaient liés d'amitié et avaient pris l'habitude de faire route ensemble chaque fois que l'itinéraire tracé par les maisons qu'ils représentaient n'y mettait point absolument obstacle.

Ce jour-là, entraînés par le désir de faire quelques économies sur la somme fixée par leurs frais de voyage, tous deux avaient déclaré que, le temps étant exceptionnellement beau, on pouvait faire à pied une tournée dans deux ou trois châteaux peu éloignés les uns des autres, et où l'on espérait recueillir d'importantes commandes.

A vrai dire, ce temps, réputé « exceptionnellement

beau », aurait paru fort peu agréable à d'autres qu'aux deux compagnons, jeunes, forts, bien portants et habitués par état à voyager contre vents et marées. Il avait neigé pendant toute la nuit. Quoique le froid fût assez vif, la gelée n'avait point cependant encore durci la neige, dans laquelle on enfonçait jusqu'à mi-jambe et quelquefois davantage, lorsqu'on mettait par hasard le pied sur une ornière dissimulée par le tapis d'une éclatante blancheur qui couvrait toute la campagne environnante.

Le ciel avait cette teinte blafarde qui rappelle à la fois la neige et le brouillard ; un jour terne et sans soleil ajoutait encore à l'impression lugubre produite par l'aspect d'un paysage silencieux et morne. Rien n'est plus calme et plus silencieux que la neige, et c'est avec raison qu'on la compare souvent à un linceul. La pluie est bruyante de sa nature ; tantôt agaçante et railleuse, elle rebondit contre les vitres, sur les pavés et sur les parapluies comme pour narguer les pauvres humains ; tantôt, violente et furieuse, elle se précipite avec des airs d'ouragan, inondant les routes et traversant sans pitié les vêtements réputés imperméables. La neige, au contraire, tombe sans bruit ; elle s'amasse silencieusement devant les fenêtres et les portes de nos demeures comme si elle voulait nous bloquer. Sur le tapis dont elle couvre la terre, tous les sons viennent s'éteindre et mourir étouffés, l'écho lui-même ne résonne plus. Tout s'engourdit, se glace et semble attendre, dans une sorte de stupeur, le moment où les flocons légers qui voltigent dans les airs formeront une masse assez compacte pour achever leur œuvre d'ensevelissement.

Les deux voyageurs dont nous avons signalé la présence ne semblaient pourtant point impressionnés d'une manière fâcheuse par le triste aspect de la campagne revêtue de sa froide parure d'hiver. C'étaient de joyeux compagnons, peu disposés aux rêveries des âmes poétiques. Ils appréciaient les beautés de la nature au point de vue de leurs intérêts personnels, trouvaient charmant le pays le plus affreux dès qu'ils y faisaient de bonnes affaires, et auraient proclamé exécrable le site le plus pittoresque si les marchands et les châtelains des environs leur avaient fait un mauvais accueil.

Cette fois, leurs courses avaient réussi. Ils avaient reçu plusieurs commandes importantes, et Richard, le voyageur anglais, avait même en portefeuille une somme assez forte payée d'avance par un de ses nouveaux clients.

Aussi, loin de se plaindre de leur excursion, trouvaient-ils la route excellente et le froid très supportable. Tant il est vrai que nous jugeons les choses extérieures bien moins d'après ce qu'elles sont en réalité que d'après nos propres dispositions.

« Eh bien, ami Maurice, dit Richard avec un accent assez prononcé, bonne journée, n'est-il pas vrai ? Nous n'aurons point, cette fois, à nous plaindre de notre voyage.

— Je le crois, certes, bien ! répliqua Maurice en retirant avec effort un de ses pieds qui venait d'enfoncer dans une fondrière. Ou je me trompe fort, ou nous recevrons au retour une large gratification, bien méritée d'ailleurs par l'intelligence dont vous et moi nous avons fait preuve en gagnant à nos patrons des clients de cette valeur.

— Aoh ! ami, vous avez raison. Mais, qu'est ceci, je vous prie? Quel étrange équipage ! » dit Richard se faisant un abat-jour de sa main droite pour mieux distinguer, au loin sur la route, un petit groupe de gens venant à la rencontre des deux commis voyageurs.

L'équipage, en effet, pouvait mériter, pour Maurice et Richard, la qualification d'étrange ; mais en Alsace il n'avait rien d'extraordinaire.

Un gros chien, d'apparence plus robuste qu'élégante, était attelé à une espèce de chariot rempli de branches mortes et de broussailles ; un homme jeune encore marchait à côté de l'animal, et, à l'aide d'une corde passée sur son épaule, tirait aussi le chariot, qui, enfonçant à chaque instant dans la neige, n'avançait que difficilement. Cet homme portait, suspendue à son côté, la hache qui

Les membres de cette petite famille avaient l'air si heureux...

lui avait servi à diviser en plusieurs morceaux les branches trop grosses pour être aisément placées sur le chariot.

En arrière venait une femme, un peu plus jeune que son mari, cachant une de ses mains sous son tablier pour la garantir du froid, et tenant de l'autre celle d'un bambin de six à sept ans, qui portait sous son bras droit une grosse branche et semblait aussi fier que s'il eût traîné à lui seul toute la provision de bois destinée à chauffer la demeure de la pauvre famille.

Car tout ce monde-là était pauvre ; c'était chose évidente.

Mais, en dépit de cette pauvreté, les membres de cette famille avaient l'air si heureux, si bien portants, la souriante placidité de leur physionomie était si bien d'accord avec l'aspect calme et paisible du paysage servant de cadre à ce petit tableau de genre, que, loin d'en détruire l'harmonie, leur présence le complétait et semblait aussi indispensable à l'effet général que le clocher surmontant l'église du hameau qu'on apercevait à peu de distance.

Le modeste équipage n'avançait, nous l'avons dit, qu'avec de grandes difficultés ; il occupait le juste milieu de la route, et le moindre écart à droite ou à gauche aurait eu pour effet certain de culbuter le chariot et d'éparpiller sur la neige le bois si laborieusement recueilli.

Richard et Maurice aussi occupaient le milieu de la route, où l'on pouvait marcher avec plus de sécurité. Mais, en approchant de la petite caravane, Maurice s'empressa de lui céder le pas, et dit à son compagnon, qui, avec un flegme tout britannique, s'obstinait à garder le « haut du pavé » :

« Faites place à ces braves gens, Richard ; vous voyez bien qu'ils ne peuvent pas se déranger sans risquer de faire chavirer leur chariot.

— Eh ! que m'importe à moâ ? fit Richard d'un air rogue ; pourquoi devrais-je céder le pas à ces gens ? »

Toutes les instances de Maurice furent vaines, et les pauvres Alsaciens durent se résigner à passer sur le côté du chemin.

Le chariot, trop large pour cet étroit espace, rencontra

l'ornière cachée sous la neige, et s'inclina d'une manière inquiétante.

Maurice, heureusement, avait prévu l'accident ; il se hâta de traverser l'ornière et retint le fragile équipage assez à temps pour empêcher un désastre complet. Grâce à lui, le bûcheron et sa femme purent, en passant derrière Richard, remettre le chariot dans son chemin et continuer leur route, après avoir remercié le compatissant étranger qui les avait tirés d'embarras.

Richard, resté immobile pendant tout ce temps, à l'endroit qu'il avait cru de sa dignité de ne point abandonner, plaisanta beaucoup son compagnon. Celui-ci, à son tour, lui reprocha sa dureté, et les deux amis, d'assez mauvaise humeur l'un contre l'autre, continuèrent leur route en silence.

Ils n'avaient pas fait deux cents pas, qu'ils s'entendirent appeler, et que le bûcheron, hors d'haleine, accourut près d'eux.

« Monsieur, dit-il à Maurice, n'avez-vous pas perdu votre portefeuille? Nous venons de trouver celui-ci là-bas, sur la route. Comme il n'était point encore enfoncé dans la neige, nous avons bien compris qu'il n'était pas là depuis longtemps, et nous avons pensé qu'il devait être à vous.

— C'est mon portefeuille, s'écria Richard en avançant la main. Merci, brave homme! Vous rendez à moâ un grand service!

— C'est à vous? fit le bûcheron d'un air désappointé et en retirant à lui le portefeuille; ah! c'est différent. Alors je vais faire ma déclaration à M. le maire, comme le veut la loi.

— Qu'est-ce à dire? reprit Richard furieux. Vous ne pensiez point à faire votre déclaration à M. le maire quand vous avez rapporté ce portefeuille à mon ami?

— Oh! c'est bien différent, répliqua son interlocuteur; j'étais si content de rendre service à celui qui m'avait obligé, que ma pensée n'était pas allée au delà. Maintenant j'ai réfléchi. Mais vous pouvez m'accompagner chez M. le maire, et si vous lui dites exactement ce que contient le portefeuille, il vous le rendra tout de suite.

— Aller chez le maire ! répéta Richard désespéré. Mais c'est ma journée perdue ! Vous savez bien, Maurice, que j'espérais conclure encore une affaire aujourd'hui ; et demain il sera trop tard.

— Que voulez-vous ! ce n'est pas ma faute, répliqua Maurice en riant. Je vais continuer mon chemin ; quant à vous, ce que vous avez de mieux à faire, c'est de retourner sur vos pas et de vous résigner à un désagrément, léger au bout du compte, si on le compare à celui que vous aurait causé la perte de votre portefeuille.

— Aoh ! je suis vexé ! murmura l'Anglais en s'éloignant. Voilà une journée dont je me souviendrai.

— Rappelez-vous en même temps, lui cria Maurice, qu'on ne se repent jamais de s'être montré obligeant, et que

« On a souvent besoin d'un plus petit que soi. »

L'ORDONNANCE DU CAPITAINE

« Quel fichu héritage ma sœur m'a laissé là! Un gamin de douze ans, gâté, volontaire, toujours malade! Jamais je ne pourrai faire un bon sujet de mon neveu André! Autant vaudrait essayer de prendre la lune avec ses dents! »

Ainsi grommelait l'honorable Jacques Boivin, professeur d'écriture à Marseille, célibataire et oncle du jeune André, dont nous venons de l'entendre faire un portrait peu flatté.

En ce moment sa mauvaise humeur contre l'enfant était excitée par le refus que celui-ci avait fait de venir déjeuner avec lui, prétendant que, du vivant de sa mère, il prenait toujours au lit sa tasse de chocolat.

« Peut-être par la douceur parviendrez-vous à en faire quelque chose? hasarda timidement la vieille Élisabeth, gouvernante du digne professeur.

— Par la douceur! J'ai déjà essayé; je vais essayer encore, et vous verrez le résultat. »

Ouvrant la porte de la chambre de son neveu, il s'approcha du lit où l'enfant faisait semblant de dormir, et lui dit en essayant d'adoucir sa voix :

« Viens déjeuner avec moi, petit; il est temps de te lever.

— Laissez-moi tranquille! glapit André; je veux qu'on m'apporte mon chocolat ici, ou je ne me lèverai pas de la journée.

— Voyons, André, sois raisonnable, reprit l'oncle, le

prenant doucement par le bras pour l'obliger à se lever.

— Aïe ! aïe ! vous me faites mal ! Vous m'avez blessé ! » se mit soudain à crier le malicieux gamin ; si bien que le pauvre professeur, effrayé, lâcha prise et s'enfuit dans la salle à manger.

A vrai dire, Jacques Boivin était déjà à bout de patience et de courage, car chaque jour des scènes semblables se renouvelaient. Cette fois l'enfant gâté, qui voulait sans doute établir définitivement son empire sur son oncle, jugea convenable de se dire malade. Le professeur, sérieusement inquiet, consulta plusieurs médecins qui, ne comprenant rien à une maladie dont les symptômes, inventés par le petit mauvais sujet, étaient en complète contradiction les uns avec les autres, ne savaient qu'ordonner.

Le pauvre Jacques se désolait et cherchait vainement les moyens de calmer les souffrances atroces que son neveu prétendait endurer. Sur ces entrefaites un de ses meilleurs amis, nommé Pierre Lefranc, capitaine dans la marine marchande, vint lui faire ses adieux ; car il devait, disait-il, partir le lendemain ou le surlendemain.

« Et quand reviendrez-vous, mon cher ami ? demanda tristement Jacques.

— Pas avant trois ou quatre mois, au moins. Mais qu'avez-vous, mon pauvre Jacques ? Ce n'est pas, je le suppose, la nouvelle de mon départ qui vous donne cet air lamentable ?

— Non, je l'avoue. Quoique je regrette sincèrement ce départ, j'ai cependant une autre cause de chagrin. Mon neveu, vous savez, le petit André, est dangereusement malade.

— Lui ! Allons donc ! Il n'est, je le gage, malade que de malice. C'est un nouveau tour qu'il a inventé pour vous faire enrager, et vous êtes dupe de ce mauvais garnement.

— Mais non, je vous assure ; la santé du petit est fort délicate.

— Laissez-moi tranquille ! Voulez-vous que je le guérisse en deux temps ?

— Si je le veux ! Mais il est réellement malade, bien malade, le pauvre enfant !

— Vous verrez qu'il sera bientôt guéri ; mais pour cela il faut me donner carte blanche, j'agirai comme je l'entends.

— Je vous la donne. Vous ne pouvez avoir en vue que le bien du petit.

— Vous consentez même à me le laisser emmener dans mon expédition ? demanda le capitaine en riant.

— Oh ! fit Jacques en tressaillant, vous n'y pensez pas ! D'ailleurs il est hors d'état de quitter son lit.

— Faisons un arrangement. Écrivez-moi ici, séance tenante, une promesse de me le confier pendant ce voyage s'il est assez bien portant pour venir, de son plein gré, faire une promenade en mer avec vous et moi.

— Quant à ceci, j'y consens de grand cœur, et je suis convaincu que cela ne m'engage à rien ; car, je vous le répète, il n'a pas même la force de se lever.

— Bon ! bon ! peu m'importe ce que vous me répétez ! l'essentiel est de guérir le moussaillon ; or je vous promets de vous le ramener dans trois mois radicalement guéri, non seulement de sa maladie, mais encore de sa méchanceté, qui est, à vrai dire, son seul mal réel. »

Tout en parlant, le capitaine entraînait Jacques devant un bureau, et lui faisait écrire et signer l'autorisation, qu'il serra soigneusement dans son portefeuille.

« Maintenant, dit-il, allons voir le moutard. »

André, étendu à demi vêtu sur son lit, s'amusait à lire un volume de contes de fées. En entendant la porte de sa chambre s'ouvrir, il se mit à pousser des gémissements lamentables.

« Eh bien ! mon pauvre garçon, te voilà donc malade ! fit le capitaine en s'approchant. Quel dommage ! J'espérais te trouver mieux portant, et je venais te proposer de faire avec ton oncle et moi une jolie promenade en mer. Mais je vois qu'il n'y faut plus penser. Nous te laissons reposer : si tu as besoin de quelque chose, Élisabeth te le donnera. Dépêchons-nous, vieux Jacques, il est temps de partir.

— Peut-être l'air me ferait-il du bien, murmura en se mettant sur son séant le gamin, dont les yeux brillaient du désir de faire la promenade annoncée.

— Y penses-tu? Ta faiblesse est si grande, que tu ne peux pas te lever.

— J'essayerai, reprit André d'un ton dolent contrastant avec les vives couleurs qui avaient paru soudain sur ses joues.

— Ma foi, tu aurais grand tort de te gêner; nous nous passerons fort bien de toi, reprit le capitaine. Au surplus, je te laisse libre d'agir à ta fantaisie; je passe chez mon ami Boivin, et je vais fumer une pipe en t'attendant. Si tu es prêt quand la pipe sera finie, nous t'emmènerons; sinon, bonsoir. »

Le capitaine sortit, suivi de Jacques. Cinq minutes après, André, habillé de pied en cap, mais essayant encore de continuer son rôle en faisant quelques grimaces de malade, accompagnait les deux amis à bord du vaisseau marchand placé sous les ordres de Pierre Lefranc.

« Eh bien! méchant moussaillon! fit alors ce dernier d'un ton goguenard, nous voilà donc guéri! Passe pour cette fois, mais ne recommence pas. Si, pendant le voyage que tu vas faire avec moi, je te reprends à jouer de ces comédies, tu expérimenteras un genre de traitement qui, j'en réponds, t'ôtera l'envie de faire le malade.

— Qu'est-ce que c'est? fit insolemment André se pressant contre son oncle; vous ne prétendez pas m'emmener, j'espère! Vous n'en avez pas le droit!

— Au contraire, intervint le pauvre oncle tout ému; je te croyais malade, et comme le capitaine prétendait que tu me trompais, je l'ai autorisé à t'emmener si tu étais assez bien portant pour venir à bord. Tu dépends de lui maintenant. Sois sage, mon cher enfant, je...

— C'est bon! c'est bon! intervint le capitaine; je réponds de lui, car nous avons ici des moyens de persuasion qui ne manquent jamais leur effet. Maintenant, mon bon Jacques, descends dans le canot, on va te reconduire à terre, et dans quelque temps tu me remercieras, ainsi que ce mauvais drôle, du service que je vous aurai rendu à tous les deux. »

André, complètement déconcerté, faisait piteuse mine et tourmentait machinalement les cordages du navire. Son oncle s'approcha du capitaine, et désignant l'enfant de la main :

« Mon bon Pierre, fit-il les larmes aux yeux, sois indulgent pour lui, ne le traite pas trop durement ; rappelle-toi qu'il est d'une santé délicate...

— Je me rappellerai surtout, répliqua Pierre Lefranc, que tu es le meilleur des oncles, mais que tu n'entends rien à l'éducation des gamins, tout professeur que tu es. Mets ton mouchoir dans ta poche et laisse-moi le moussaillon ; je te répète que tu ne t'en repentiras pas. »

. . . .

Le pauvre professeur retourna chez lui le cœur serré, la conscience bourrelée de remords, s'accusant d'avoir indignement abandonné l'enfant confié par sa sœur mourante.

. . . .

Trois mois plus tard, un charmant petit mousse, leste et bien découplé, le teint hâlé par l'air de la mer, le regard franc et le sourire aux lèvres, sonnait à tout rompre à la porte du modeste logis de Jacques Boivin.

André, joyeux, bien portant, méconnaissable, sautait au cou de son oncle, l'accablait de caresses, et lui demandait pardon de ses malices d'autrefois.

« Est-ce possible? est-ce possible? ne cessait de répéter Jacques.

— Conviens, mon vieux, que mon ordonnance valait bien celle de tous les médecins appelés en consultation pour guérir ce gamin, dit alors le capitaine, qui suivait de près son pupille.

— Votre ordonnance est si bonne, que je ne veux plus vous quitter, capitaine ! s'écria vivement André.

— Accordé! répliqua celui-ci ; pourvu toutefois que l'oncle y consente.

— Accordé ! » répéta à son tour le vieux professeur.

TOUT SAVOIR SANS RIEN APPRENDRE

Tout savoir sans rien apprendre, telle était la grande prétention de Bébé-Gaston. Mais Bébé-Gaston avait sept ans; son petit cerveau n'était point encore assez solide pour raisonner sainement sur toutes choses. Il était donc excusable, même en exprimant une opinion si extravagante, car on pouvait espérer que l'âge modifierait sa manière de penser.

D'ailleurs cette opinion qui, aux yeux des gens doués de quelque bon sens, paraît le comble de la démence, n'est-elle pas, avouons-le, la maladie de notre époque? Chacun se croit capable de remplir tous les rôles sans en avoir étudié aucun. On aborde résolument n'importe quelle carrière, sans songer un seul instant à se demander si l'on possède les aptitudes et les connaissances nécessaires pour l'exercer honorablement.

L'instituteur de votre village discute sur la stratégie militaire. Votre fermier, oubliant que les insectes ravagent ses terres, suit les causes célèbres et cherche les circonstances atténuantes qu'un habile avocat aurait pu invoquer en faveur de l'assassin. Le marchand de vin, à qui vous reprochez d'avoir falsifié sa marchandise, entame une discussion sur l'enseignement primaire. Le cordonnier qui vous apporte des chaussures déclare, en vous les essayant, qu'il songe à inaugurer une nouvelle école de littérature, et il vous propose sa collaboration, promettant de fournir les sujets, — il ne dit pas s'il fournira les cuirs. — Enfin, quand vous vous plaignez de ce que le facteur, ne trouvant personne dans la loge, a dû remporter une lettre chargée à vous adressée, votre concierge vous répond, avec une mansuétude pleine de bienveillance, « qu'il le regrette, mais que de semblables bagatelles doivent céder le pas à la raison sociale et que, au moment de l'arrivée du facteur, il était chez le marchand de vin occupé à étudier, avec plusieurs de ses amis, les intérêts sociaux en vue des prochaines élections. »

Vous ne comprenez pas très bien ce que veut dire le brave homme. Il est probable qu'il ne le comprend pas davantage. Mais vous devez, bon gré mal gré, vous contenter de cette raison, et vous résigner à attendre encore la somme contenue dans la lettre chargée.

Si tant de gens, à qui leur âge devrait inspirer des idées plus saines, se laissent aller à de pareilles aberrations, convenez que Bébé-Gaston n'était pas bien coupable d'avoir en lui-même et en sa jeune expérience une confiance un peu exagérée.

Seulement, pour Bébé-Gaston, — comme pour bien d'autres, — cette prétention amenait parfois des résultats fâcheux, et, quoique les conséquences des bévues commises par un personnage de sept ans puissent n'avoir point pour nous une importance... majeure, elles n'en sont pas moins, pour ledit petit personnage, fort désagréables à supporter.

Ce sont là les leçons de l'expérience, les meilleures, dit-on, pour les enfants qui savent en profiter. Malheureusement elles restent trop souvent infructueuses. Beaucoup de gens, parvenus à la vieillesse, seraient capables, le cas échéant, de se montrer aussi peu raisonnables que Bébé-Gaston, et de détruire, sous prétexte de les améliorer, les choses auxquelles ils attachent le plus de prix.

On avait, à l'occasion, je crois, du jour de l'an, donné au petit tapageur plusieurs jouets nouveaux, entre autres

Saisissant le bonhomme, Bébé-Gaston le fit crier et gigoter.

un magnifique cheval de carton, fixé sur une planche à roulettes, et un affreux petit bonhomme, qui criait lorsqu'on appuyait la main sur sa poitrine, et qui remuait les bras et les jambes lorsqu'on pressait un ressort placé sur son dos.

Ces deux petites merveilles firent la joie de Bébé-Gaston, et il en rêva pendant toute la nuit. Un seul regret troublait son bonheur; il aurait voulu que le cheval pût crier et remuer comme le bonhomme. Il s'impatientait de le voir toujours dans la même position, endurant sans se plaindre les corrections infligées par la petite main de son maître.

Regretter cet inconvénient et désirer y remédier, c'était tout un pour un garçon d'imagination comme Gaston. Cette idée le préoccupa tellement que, réveillé dès l'aube du jour, il ne put se rendormir et sauta résolument à bas du lit pour mettre à exécution le beau projet qui, depuis la veille, lui trottait par l'esprit.

Saisissant le bonhomme avec la gravité d'un opérateur qui se prépare à tenter une grave expérience, Bébé-Gaston le fit d'abord crier et gigotter à plusieurs reprises. Puis, ne pouvant se rendre compte tout d'abord du mécanisme auquel obéissait le petit automate, il le dépouilla de ses vêtements, et découvrit, ô bonheur! un soufflet en peau occupant la place où aurait dû se trouver la poitrine du bonhomme.

« Il a un soufflet dans l'estomac! s'écria Bébé-Gaston, d'abord stupéfait de sa découverte. Mais alors, ajouta-t-il presque aussitôt, si le cheval avait, lui aussi, un soufflet dans l'estomac, il crierait aussi fort que le bonhomme! »

Et voilà aussitôt notre héros s'escrimant de toute la force de ses petits bras, tirant tour à tour le bonhomme par les jambes et par la tête, afin de lui arracher le soufflet qui, selon lui, devait rendre son cheval parfait.

Il fit si bien, que le soufflet lui resta dans les mains. Tout fier de ce premier succès, Bébé chercha dans la corbeille à ouvrage de sa maman une paire de grands ciseaux, — auxquels, par parenthèse, il lui était expressément défendu de toucher; — puis, s'emparant du cheval, il se mit en devoir de lui pratiquer une incision à la poitrine, afin d'y introduire le soufflet.

Le carton était dur. Bébé-Gaston, peu expert dans le maniement des ciseaux, réunit toutes ses forces afin de vaincre la résistance du carton, et l'arme dangereuse, après avoir enlevé un morceau de la poitrine du cheval et tranché net sa jambe gauche de devant, alla frapper si cruellement le doigt du petit imprudent, que le sang jaillit et teignit toute la main d'une couleur vermeille.

Au cri de détresse poussé par Bébé-Gaston, sa mère, qui le croyait profondément endormi, accourut tout effrayée.

« Que t'est-il arrivé? demanda-t-elle, prenant dans ses bras l'enfant, qui pleurait à chaudes larmes.

— C'est... c'est le cheval! *c'est* le bonhomme! *c'est* les ciseaux qui m'ont coupé! » ne cessait de répéter Gaston, montrant sa petite main ensanglantée.

Somme toute, la blessure était légère. Au bout de quelques jours il n'y paraissait plus. Mais Gaston avait eu grand'peur; de plus, il se trouvait privé de ses deux jouets préférés; aussi se montra-t-il désormais un peu moins empressé de perfectionner les objets dont on lui faisait présent.

Pour lui, du moins, la leçon donnée par l'expérience ne fut pas perdue. Cela fait honneur à son intelligence. On pourrait citer bon nombre d'enfants, peut-être même de grandes personnes, qui, après s'être, par leur présomption ou leur maladresse, attiré quelque mauvaise affaire, auraient, avec obstination, continué à répéter:

« C'est le cheval! c'est le bonhomme! *c'est* les ciseaux qui m'ont coupé! »

L'HÉRITAGE DE LA COUSINE MADELON

Une drôle de petite famille, en vérité, je vous l'assure, que la famille Hornsby ! Elle n'était pas nombreuse, non ; vous la connaîtrez tout entière quand je vous aurai présenté : 1° William Hornsby, familièrement appelé Will par ses amis et par sa ménagère ; un grand, brave homme, dont les cheveux commençaient à prendre des teintes argentées ; 2° mistress Hornsby, répondant habituellement au nom de Kate, plus jeune de quelques années que son mari et professant pour lui une admiration sans bornes ; petite, vive, rieuse ; excellente ménagère, tenant parfaitement sa maison ; trottant, allant, venant sans cesse; babillant continuellement, et trouvant moyen de dire cent paroles et de faire cent cinquante pas pour transporter du buffet à la table placée au milieu de la chambre les tasses, la théière et le sucrier du déjeuner ; 3° enfin le personnage le plus important de la famille, l'honorable Bob Hornsby, l'unique héritier des deux époux ; jeune homme entrant à peine dans sa dixième année, mais déjà autoritaire comme son papa, bruyant et turbulent comme sa maman, doué, comme qualité principale, d'un talent merveilleux pour imposer ses volontés aux autres sans jamais se laisser imposer les volontés de qui que ce fût.

La position sociale des Hornsby était modeste. Mais

depuis un temps presque immémorial les poètes et les chansonniers sont d'accord pour répéter que l'argent ne fait pas le bonheur et pour vanter les charmes de la médiocrité. — Il est même permis, en lisant leurs écrits, de supposer que les uns et les autres, gens d'ordinaire peu fortunés, seraient désespérés si quelque événement imprévu les rendait tout à coup millionnaires. — Enfin, pour en revenir à Will Hornsby et sa femme, disons que leurs ressources, quoique bornées, pouvaient aisément suffire à leurs besoins. Outre un petit capital en argent, ils possédaient la maisonnette qu'ils habitaient, et aussi une pièce de terre assez étendue, dont une partie, un peu sablonneuse, convenait admirablement pour la culture des pommes de terre.

Ces braves gens devaient donc être satisfaits de leur sort. Ils l'étaient, en effet. Peut-être même se seraient-ils trouvés riches sans la perspective d'un héritage qui, en leur montrant des horizons ensoleillés par l'éclat d'un grand nombre de guinées, les empêchait d'apprécier complètement tous les avantages de la médiocrité tant célébrée par les poètes et les chansonniers.

Cet héritage était celui de la cousine Madelon.

Qu'on n'aille pas, au moins, accuser l'honnête petite famille Hornsby de se livrer à d'odieux calculs en comptant avec un sentiment de regret les jours de leur pauvre parente, comme si, en en passant quelques-uns de plus sur la terre, elle eût commis un vol à leur préjudice.

Ni Will ni sa petite femme n'étaient capables d'une pareille indignité, trop commune, hélas ! parmi les héritiers. Non, assurément. Seulement c'était devenu un usage, chez eux, quand on rêvait de faire une dépense que ne permettait pas le modeste budget du ménage, de dire :

« Ce sera pour plus tard, quand nous aurons hérité de la cousine Madelon. »

Bob lui-même, le petit espiègle, quoiqu'il ne se rendit pas un compte bien exact de ce qu'était un héritage, imitait ses parents. Quand il entendait sa mère gémir, comme le font toutes les ménagères, à propos de la cherté des vivres et de la nécessité d'être économe, il répétait aussi :

« Attends! attends! Quand nous hériterons de la cousine Madelon, tu n'auras plus besoin d'être économe. »

Kate riait de tout son cœur, assurant que Bob était un enfant réellement extraordinaire, à qui son intelligence permettrait de faire tout ce qu'il voudrait quand il serait grand.

C'était aussi l'avis de Bob ; et, comme nous l'avons dit, il ne trouvait nullement nécessaire d'attendre à « être grand » pour faire tout ce qu'il voulait.

Quant à la cousine Madelon, parente très éloignée de William Hornsby, c'était une très vieille fille, revêche et acariâtre, fort égoïste, fort avare, qui n'avait jamais témoigné la moindre affection aux braves gens composant toute sa famille. Elle leur laissait ses biens parce que, n'ayant jamais rien aimé, il lui était indifférent, du moment où elle devait se séparer de son argent, d'en faire profiter des parents ou des étrangers, et aussi parce que, en se conformant simplement à la loi, elle s'épargnait l'embarras de faire un testament, chose toujours extrêmement désagréable à une vieille femme qui a peur de mourir.

Les Hornsby, on le voit, n'ayant aucune raison d'être attachés à la cousine Madelon, ne commettaient pas une action blâmable en rêvant aux splendeurs dont cet héritage devait un jour leur permettre de jouir.

Non que cet héritage fût des plus considérables, mais tout est relatif.

La petite fortune de la cousine Madelon consistait en une somme représentant à peu près six mille francs de notre monnaie. Le minime revenu d'un pareil capital n'aurait point suffi pour assurer l'existence de la vieille fille si elle n'eût joui, en outre, d'une pension viagère faite par un riche fermier au père duquel le père de Madelon avait jadis sauvé la vie. Les six mille francs, déposés chez un banquier, représentaient le prix d'un champ qu'elle avait possédé autrefois et vendu quand l'âge et les infirmités étaient venus l'empêcher d'en surveiller elle-même l'exploitation.

Six mille francs ! Une pareille somme, pour un de nos capitalistes modernes, serait une misérable bagatelle à laquelle il rougirait de paraître attacher la moindre importance. Mais pour Will et pour sa femme, c'était, nous l'avons dit, une véritable fortune.

Bien souvent, pendant les soirées d'hiver, en causant auprès du poêle où chantait, dans la bouilloire, l'eau préparée pour le thé, les deux époux avaient déjà, par la pensée, dépensé tout l'héritage de la cousine Madelon. Oh ! mais dépensé avec beaucoup d'ordre et de prudence, de manière à améliorer grandement, dans l'avenir, la situation de la famille.

D'abord, comme on doit s'y attendre, une partie importante de l'héritage devait être dépensée pour Bob. Ç'aurait été, en vérité, grand dommage de ne pas cultiver l'intelligence remarquable qu'il avait reçue de la nature. Il aurait été indispensable de lui faire donner une instruction « soignée ». Bob serait placé dans un bon pensionnat, où il deviendrait un petit monsieur, très savant, qui rirait des bévues commises par le papa et la maman et les corrigerait même au besoin.

Kate et William riaient aux larmes à l'idée que leur Bob, ce drôle de petit garnement, pourrait un jour devenir un monsieur qui leur apprendrait comment on doit se tenir dans le monde. Vous frémissez, ô sage lecteur ! de leur imprudence. Hélas ! combien de parents, qui ont cependant la prétention d'être moins naïfs que les époux Hornsby, commettent, en s'efforçant de rendre leurs enfants supérieurs à eux, une imprudence pareille ! Combien de parents expient cette imprudence par les plus cruels chagrins !

Pour le moment, Kate et William, tous à leurs beaux projets d'avenir, songeaient seulement aux brillantes destinées réservées à leur héritier. On rêvait aussi d'acheter un cheval et une charrette afin de pouvoir se rendre plus aisément à Londres. Ce ne serait pas là une dépense inutile ; on pourrait trouver facilement à vendre d'une manière avantageuse les pommes de terre récoltées dans le jardin en trop grande quantité pour les besoins du ménage, et on rentrerait ainsi peu à peu dans l'argent dépensé pour l'achat de la charrette et du cheval. Qui sait même si, avec le temps, on ne parviendrait point à réaliser un bénéfice considérable ?

A la pensée de cette emplette depuis longtemps rêvée, les petits yeux noirs de Kate pétillaient de joie. Elle pourrait donc avoir aussi un jour *sa* voiture, comme mistress Tork, mistress Elmstrong, mistress Cornbell avaient les leurs !

Quelle est la femme qui n'a pas d'ambition ? Mistress Hornsby était d'avance plus glorieuse de sa charrette que la femme d'un agent de change ne le fut jamais du huit-ressorts destiné à faire sécher de jalousie ses bonnes amies plus *ou moins* millionnaires.

Enfin, un jour, jour solennel entre tous, on apprit que la cousine Madelon avait passé de vie à trépas.

Hâtons-nous de dire, à la louange des deux époux, que leur première impression, à cette nouvelle, fut plus triste que joyeuse. Ils éprouvèrent une sorte de saisissement, presque un remords, en songeant que, plus d'une fois, ils s'étaient laissés aller à désirer l'héritage de la cousine Madelon.

« Pauvre créature ! que le bon Dieu reçoive son âme ! » murmura Kate d'un ton pénétré.

William se découvrit gravement, et répondit :

« *Amen !* »

Mais quelques jours plus tard, et une fois ce tribut de convenance rendu à la mémoire de leur parente, Kate et William ressentirent une impression d'un tout autre genre en recevant l'avis officiel, — adressé, bien entendu, seulement à William Hornsby, — d'avoir à se présenter tel jour, à telle heure, chez le banquier dépositaire des fonds appartenant à la cousine Madelon, afin d'y être mis en possession de *son* héritage.

La petite Kate aurait bien voulu accompagner son mari pour assister à l'imposante cérémonie de la remise du capital entre les mains de Will ; mais celui-ci, usant de son autorité de chef de famille, déclara qu'ayant été seul convoqué, il ne croyait pas avoir le droit de se faire accompagner par sa femme dans une circonstance aussi grave. D'ailleurs, si Kate venait, Bob voudrait venir aussi, — il ne consentirait certainement pas à rester seul à la maison, — et alors de quel air William Hornsby se présenterait-il devant les graves gentlemen chargés de lui remettre son héritage, s'il traînait à sa suite une femme et un enfant ?

Ces raisons ne furent pas du goût de Kate. Elle ne pouvait comprendre que sa présence fût déplacée là où celle de son mari était réclamée officiellement. On savait bien que Will était marié, père de famille, et des gens respectables, comme devaient assurément l'être les honorables gentlemen dépositaires de l'argent, ne pouvaient avoir l'idée de désunir une famille en séparant le mari de sa femme, le père de son enfant.

Bob, entendant sa mère gémir et se désoler, crut devoir se mettre de la partie en déclarant d'une façon péremptoire qu'il voulait aller à la ville avec son père pour en rapporter l'héritage de la cousine Madelon, et « qu'il irait ».

Sur quoi master William Hornsby, qui savait, à l'occasion, faire preuve de caractère, déclara non moins péremptoirement à son héritier qu'il irait seul à la ville, et que lui, Bob, resterait à la maison avec sa mère.

Ayant ainsi exprimé sa volonté formelle, le chef de famille s'éloigna fièrement, laissant Kate occupée à pleurnicher dans un coin de la salle, tandis que Bob, dans un autre coin, se livrait à un exercice gymnastique de son invention en trépignant des pieds sur le parquet, et en frappant de ses poings fermés une table qui gémissait de ces mauvais traitements si peu mérités.

C'était la première fois qu'une scène aussi dramatique avait lieu chez les Hornsby. Kate, lorsqu'elle essuya ses yeux après avoir acquis la certitude que son mari était bien réellement parti, déclara que c'était là un très mauvais présage, et que, si l'héritage de la cousine Madelon, avant même qu'on en eût pris possession, était déjà une cause de trouble et de discorde dans la famille, on devait craindre qu'il n'y amenât, par la suite, plus de chagrins et d'embarras que de prospérité.

Cependant Will Hornsby, après s'être senti justement fier de l'énergie dont il avait fait preuve, ressentit une véritable tristesse en songeant qu'il venait, pour la première fois de sa vie, de causer un chagrin sérieux à Kate, son excellente femme, et à leur cher petit Bob.

Il en résulta que la remise des six mille francs ne lui causa pas autant de joie qu'on pourrait le supposer en connaissant tous les beaux rêves auxquels l'espoir de cette petite fortune avait donné lieu. Il reçut la somme avec un flegme tout britannique, donna les reçus nécessaires pour dégager la responsabilité du banquier, et s'en alla, emportant les six mille francs, mais beaucoup plus préoccupé du chagrin de Kate et de Bob que de la somme considérable qu'il venait de recevoir.

Tout en attendant l'heure du départ de la voiture publique, le brave Will s'ingéniait à chercher quelque moyen de faire plaisir à sa femme et à son fils, afin de les remettre en belle humeur, et de ramener, comme on dit, le beau temps au logis.

William Hornsby n'était point positivement un homme d'imagination. Il ne lui suffisait pas, comme à certains auteurs de ma connaissance, de chercher une idée pour la trouver. Après s'être vainement cassé la tête pendant assez longtemps, il allait enfin perdre courage quand tout à coup, — ô prodige ! — l'idée tant désirée lui apparut soudain, éclatante, lumineuse, plus brillante cent fois qu'il n'aurait jamais osé l'espérer ! Dans la joie intense qu'il ressentit de ce phénomène, peu s'en fallut, quand la patache où il devait monter arriva, qu'il ne criât aux voyageurs tout ébahis :

« J'ai trouvé ! »

En effet, l'idée, on doit en convenir, était des plus heureuses. Si elle réussissait, Kate et Bob devraient évidemment éprouver une satisfaction si complète, qu'il ne resterait plus la moindre trace du nuage qui, pendant un instant, avait assombri l'horizon de la famille

Hornsby. William s'était souvenu, fort à propos, qu'un fermier, devant la demeure duquel il devait passer une demi-heure environ avant d'arriver chez lui, avait, quelque temps auparavant, annoncé l'intention de se défaire d'une charrette presque neuve et d'un excellent cheval.

Le fermier en question était, à ce qu'on prétendait, dans de mauvaises affaires, ce qui le forçait à vendre une partie du matériel de la ferme, et il était probable que, vu son état de gêne, on obtiendrait de lui de bonnes conditions en lui proposant un peu d'argent comptant.

Kate et Bob seraient assurément aussi enchantés que surpris en apprenant que la voiture tant de fois vue en rêve était devenue une réalité; qu'elle leur appartenait, qu'ils étaient libres de s'en servir, de la faire peindre de telle couleur qu'il leur plairait le plus, enfin de la traiter, elle et le cheval qui la menait, comme s'ils en étaient, — car ils en seraient positivement, — les véritables propriétaires.

Tout préoccupé de ce projet, l'honnête Will descendit devant la ferme habitée par le possesseur actuel du cheval et de la charrette. Le fermier, en effet, embarrassé dans ses affaires, fut enchanté de l'occasion qui se présentait. Il montra la charrette, fit amener le cheval, vanta les qualités de celui-ci, le parfait état de celle-là, demanda une somme exorbitante, et la réduisit peu à peu jusqu'à la moitié de ce qu'il avait d'abord déclaré être absolument son dernier prix. En un mot, il fit si bien l'article, que Will Hornsby, après des pourparlers assez longs, se décida enfin à conclure l'affaire, et l'on convint que cheval et charrette, l'un traînant l'autre, seraient amenés le lendemain matin à leur nouveau propriétaire.

Alors, — seulement alors! — Will, l'homme énergique, dont la volonté n'avait pas plus cédé devant les trépignements de Bob que devant les larmes de Kate, se dirigea d'un pas ferme vers son logis.

Il éprouva bien un léger serrement de cœur en voyant

Kate souriait malicieusement.

que la porte était close, que l'alerte petite ménagère ne se tenait pas, comme à l'ordinaire, sur le seuil pour lui souhaiter la bienvenue. Mais ce trouble dura peu, car la nouvelle qu'il apportait devait, il en était sûr d'avance, dérider tous les fronts et délier toutes les langues. En entrant dans la salle, il sourit même du silence obstiné gardé par Kate et par Bob, qui boudaient chacun dans un coin. Il savait bien que, pour tous deux, cette épreuve du silence à laquelle ils se soumettaient volontairement devait être cruelle, et, si peu moqueur qu'il fût de sa nature, William ne pouvait pas manquer d'être frappé du côté légèrement ridicule de leur situation.

« J'ai touché les six mille francs, dit, en ôtant son chapeau et son manteau, Will Hornsby à sa femme.

— J'en suis bien aise, répliqua celle-ci d'un ton maussade.

— Ça m'est bien égal ! » cria Bob d'une voix de fausset.

Kate trouva, au fond de l'âme, que la hauteur dédaigneuse de la réponse faite par Bob était tout simplement sublime.

« Ah ! ça vous est bien égal ? reprit Will en préparant le feu pour la bouilloire, soin que Kate avait absolument négligé. Alors il est inutile que je vous parle de la voiture et du cheval que je viens d'acheter.

— Quoi ! une voiture ? un cheval ? s'écria mistress Hornsby quittant vivement sa place. Tu plaisantes, Will ! Tu n'as sûrement point acheté déjà ?... Donne donc cette bouilloire ; je vais préparer tout en un tour de main, tu n'en finirais pas ; vous êtes si maladroits, vous autres hommes ! Allons, Will, mon ami, avouez que vous avez voulu plaisanter. »

Maître Bob était déjà sur les genoux de son père, lui criant aux oreilles pour le forcer à s'expliquer. Ce fut pendant un instant un tapage à ne pas s'entendre. Kate et son fils se dédommageaient du mutisme auquel ils s'étaient momentanément condamnés. William le comprit ainsi et les laissa d'abord parler tout à leur aise. Puis, quand, à son avis, ils durent éprouver le besoin d'un peu de repos, il leur dit en riant :

« Si vous voulez que je vous parle de *notre* charrette et de *notre* cheval, il faut commencer par m'écouter. »

Aussitôt, et comme par enchantement, le silence se rétablit. On aurait entendu voler une mouche. Jamais encore William Hornsby ne s'était vu si promptement et si complètement obéi.

Après avoir joui pendant un instant de son triomphe, il se mit en devoir de raconter comment, étant entré en pourparlers avec le fermier possesseur des deux trésors, objets tant convoités, il avait su les obtenir de lui à des conditions vraiment inespérées.

La journée, commencée sous de tristes auspices, s'acheva gaiement pour la petite famille. Kate oublia ses sombres pressentiments du matin, et tout le monde attendit avec impatience le lendemain pour admirer les emplettes de William.

Ce lendemain fut un jour heureux entre tous. La charrette fut trouvée commode, légère, élégante ; le cheval avait l'air d'un excellent animal, pas méchant du tout. Bob le nomma *Black*, — noir, — à cause, dit-il, de sa couleur blanche, et se montra enchanté quand Black consentit à accepter de sa main deux morceaux de pain.

Kate, ne comprenant pas pourquoi Bob appelait Black un cheval blanc, s'extasia plus que jamais sur l'intelligence supérieure dont son fils donnait des preuves en toute occasion.

Après avoir installé Black dans son écurie, après avoir, quelques jours plus tard, donné à l'aide d'une belle peinture verte une apparence tout à fait coquette à la charrette, on résolut de jouir enfin des avantages de la nouvelle fortune en se rendant à Londres en famille.

Kate fit des préparatifs de toilette extraordinaires. Le bonnet encadrant sa petite mine joyeuse fut orné d'une dentelle neuve et d'un splendide nœud de ruban. Puis, comme il convient toujours à des gens prudents et raisonnables de ne point négliger les affaires, on plaça au fond de la charrette un énorme sac de pommes de terre dont on espérait se défaire avantageusement à Londres. De plus, Kate, se rappelant à propos cet axiome plein de sagesse que l'argent non dépensé est de l'argent gagné, remplit un petit panier des provisions nécessaires à la nourriture de la journée. Tous ces préparatifs avaient été faits avec tant de diligence, qu'on aurait pu, si on l'eût voulu, se mettre en route de grand matin. Mais on tenait à donner au départ une certaine solennité, à être vus par les voisins, à observer l'impression que produirait sur eux l'aspect du nouvel équipage.

On attendit donc, pour partir, l'heure des commérages matinals où voisins et voisines, debout au seuil de leurs portes, échangeaient leurs bonjours en se livrant à des commentaires plus ou moins édifiants sur le compte du prochain.

Alors seulement on prit place dans la charrette. A l'arrière, le sac de pommes de terre; sur la banquette de devant, William et Kate, ayant entre eux le jeune Bob, dont la petite tête éveillée et curieuse était seule visible, tandis que le corps disparaissait sous les plis nombreux de la mante de mistress Hornsby. Kate, rayonnante d'une joie orgueilleuse sous sa coiffe garnie de dentelle neuve, tenait sur ses genoux le panier aux provisions et souriait malicieusement, tout en jetant un regard de côté à ses bonnes amies accourues pour la voir passer. Quant à William Hornsby, en dépit de la grave indifférence qu'il essayait de montrer, il ne parvenait pas non plus à réprimer un léger sourire de satisfaction, tandis que, tenant les rênes, il dirigeait avec une habileté incontestable Black sur la route parfaitement unie et absolument déserte.

L'excellent cheval, qu'on avait eu soin de bien restaurer avant le départ, conserva pendant près d'une demi-heure une allure raisonnable. Mais alors, pris sans doute de mélancoliques souvenirs en passant à peu de distance de son ancienne écurie, il montra moins de courage. Will eu td'autant plus de peine à le faire avancer, que les alentours de la ferme où il l'avait acheté étaient encombrés d'une foule de gens attirés par la vente aux enchères de tout le matériel, qui avait lieu ce jour-là même.

« J'ai bien fait de conclure l'affaire, remarqua William,

en donnant cette fois au cheval un vigoureux coup de fouet ; aujourd'hui j'aurais été obligé d'enchérir comme les autres et j'aurais payé plus cher. »

Black, ainsi stimulé, crut devoir faire preuve de bonne volonté en prenant momentanément une allure un peu plus rapide. Mais cette louable velléité ne dura pas longtemps. William, après avoir épuisé tour à tour les encouragements, les menaces et les corrections pour le décider à marcher, dut se résigner à descendre, et, prenant l'animal par la bride, à tirer le cheval, la charrette et tout ce qu'elle contenait.

En voyageant de la sorte, on arriva naturellement à Londres assez tard et d'assez mauvaise humeur. Heureusement que la petite ménagère avait eu le bon esprit d'emporter de quoi faire un excellent déjeuner, qui ramena la sérénité dans tous les cœurs. On se dit qu'il ne fallait pas, pour une première fois, se montrer trop exigeant envers Black ; il n'était point encore habitué à ses nouveaux maîtres ; il se conduirait certainement mieux à l'avenir, etc. etc.

La conclusion de ces raisonnements fut qu'il convenait d'octroyer à Black un bon repas, afin qu'il ne s'ennuyât pas trop pendant que ses maîtres iraient visiter la ville. Comme on se trouvait sur la place du marché, rien n'était plus facile que d'attacher le cheval tout attelé à l'un des anneaux de fer destinés à cet usage, et d'en confier la surveillance, moyennant une légère rétribution, à l'un des gardiens du square.

« Attache-le bien ! recommanda Kate à son mari.

— C'est bon ! je l'attache ; quoique ce soit assez inutile, vu la paresse qu'il a montrée, » répliqua William, qui gardait toujours un peu de rancune à la pauvre bête.

Les choses étant ainsi réglées, les deux époux, tenant chacun une des mains de Bob, se mirent en devoir de parcourir les rues de Londres, jouissant délicieusement de l'étonnement de leur héritier, et s'extasiant eux-mêmes à l'aspect d'une foule de merveilles dont ils ne soupçonnaient pas même l'existence.

Ce qui les frappait le plus, c'étaient les exhibitions de

phénomènes de toutes sortes : veaux à deux têtes, femmes colosses, pygmées, têtes de mort répondant aux questions des spectateurs, et autres surprises par lesquelles les charlatans s'efforçaient d'attirer les badauds.

La bouche béante, les yeux démesurément ouverts, Kate et William écoutaient tout et croyaient tout, ou plutôt « gobaient » tout, comme le leur dit fort impoliment un jeune ouvrier qui les tira tout à coup de leur extase.

« En voilà des nigauds ! s'écria-t-il ; ils gobent si bien toutes les histoires qu'on leur débite, que je parierais leur enlever leurs manteaux sans les déranger ! »

A cette menace, William tressaillit et se retourna pour réprimander l'insolent ; mais un cri de terreur lui échappa. Tout préoccupé d'écouter les saltimbanques, il avait lâché la main de Bob, et Bob n'était plus là !

« Bob ! où est Bob ? » s'écria le malheureux père.

Un cri de Kate répondit au sien. Elle aussi avait, sans s'en apercevoir, abandonné la main de l'enfant, et Bob avait disparu dans la foule. Les enfants, désespérés, oublièrent tout cette fois, pour ne plus songer qu'à appeler Bob. Mais celui-ci, effrayé sans doute, les cherchant de son côté, avait dû s'éloigner beaucoup. Tous les appels furent vains ; la nuit arriva sans qu'on eût retrouvé Bob.

Un homme charitable engagea William à faire sa déclaration à la police. Celui-ci, s'empressant de courir au premier bureau, supplia qu'on ne négligeât rien pour retrouver son fils, ajoutant que l'argent ne lui manquait pas et qu'il payerait ce qu'il faudrait, pourvu seulement qu'on lui rendît Bob.

« S'il en est ainsi, lui répondit-on poliment, nous allons envoyer des agents dans toutes les directions, et bientôt, sans doute, vous aurez des nouvelles de votre enfant. »

Ni Kate ni William n'eurent le courage de s'éloigner du bureau. Ils demandèrent un abri dans une taverne du voisinage, et allèrent d'heure en heure s'informer du résultat obtenu par les agents. Enfin, à l'aube du jour, on leur ramena le pauvre Bob, qu'on avait trouvé endormi sous une porte.

Dire le ravissement de ces trois pauvres créatures en se voyant de nouveau réunies, serait chose impossible. Cette joie fut un peu moins bruyante quand on leur réclama, pour le déplacement d'un nombre considérable d'agents, une somme à peu près équivalente à trois mille francs.

« C'est cher! soupira Kate; mais j'aurais volontiers, s'il l'avait fallu, sacrifié tout l'héritage de la cousine Madelon pour retrouver notre Bob.

— Assurément, répliqua William, tâchant de faire, comme on dit, bonne mine à mauvais jeu; d'ailleurs il nous restera encore un peu d'argent, outre la voiture et le cheval.

— A propos! ce pauvre Black! Nous l'avons oublié! qu'est-il devenu pendant tout ce temps-là? »

On courut à la place où l'on avait laissé cheval et voiture; mais on n'y trouva ni l'un ni l'autre. Le gardien, interrogé, répondit que, s'étant absenté pendant une heure, et ne les ayant plus vus à son retour, il en avait conclu que William était venu les chercher.

« Si le cheval était bien attaché, il n'a pu partir tout seul, ajouta-t-il.

— Il n'était peut-être pas très bien attaché, avoua William. D'après sa paresse habituelle, j'avais pensé qu'il resterait là. Peut-être a-t-il repris le chemin de la maison?

— Ou de la maison de son premier maître, fit tristement observer Kate, plus avisée que son mari.

— En tout cas, conclut William, ce que nous avons de mieux à faire est de prendre la voiture pour retourner chez nous; mais nous descendrons à la ferme, afin de savoir où Black a emmené la voiture. »

Le retour ne fut pas gai, comme on peut le penser. Arrivé à la ferme, on la trouva déserte et toutes les portes fermées. La vente avait été terminée la veille. Un voisin, interrogé, déclara qu'on avait, entre autres objets, vendu une charrette nouvellement peinte en vert avec laquelle un cheval blanc, bien connu pour appartenir au fermier, était entré dans le courant de la journée.

« Et les pommes de terre? demanda Kate désolée.

— On a vendu beaucoup de pommes de terre, repartit l'obligeant voisin. Je ne saurais vous dire si celles que vous réclamez étaient du nombre.

— Mais cette voiture et ce cheval m'appartenaient ! je les avais payés de mon argent, ne cessait de répéter William.

— Alors il faut réclamer, dit encore le voisin ; le fermier savait bien que vous aviez payé, il devait dire que ces objets ne lui appartenaient point. Faites-lui un procès. »

Dès le lendemain, William déposa sa plainte. Le procès commença.

Il dura plusieurs années, pendant lesquelles master Hornsby eut à verser des sommes importantes aux gens d'affaires, si bien que tout le reste de l'héritage et même un peu plus y passa.

Mais enfin le procès fut gagné. L'adversaire de William fut condamné à lui restituer la somme reçue et à payer les frais.

Seulement cet adversaire, étant complètement insolvable, jugea convenable de disparaître au lieu de restituer le prix du cheval et de la charrette.

Et, comme les frais du procès devaient absolument être payés par quelqu'un, master Hornsby fut obligé de les solder.

De telle sorte que, tout compte fait, l'héritage de la cousine Madelon, au lieu d'améliorer la situation pécuniaire de la petite famille, y causa un déficit assez considérable.

Cependant, comme les plus mauvaises choses ont toujours, à ce qu'on assure, un bon côté, cette déception aussi amena pour William et pour Kate un excellent résultat.

N'ayant désormais à compter sur aucune augmentation de fortune, ils surent mieux se contenter de leur sort et ne se laissèrent plus entraîner à des rêves ambitieux. Enfin il est maintenant convenu que Bob, malgré l'incontestable supériorité de son intelligence, devra se résigner à rester l'égal de ses parents.

Or cette nécessité ne nuira certainement ni à leur bonheur ni au sien.

LE PREMIER PAS VERS LE BIEN

A l'extrémité d'un hameau, dont le nom n'ajouterait rien à l'intérêt de ce récit, se trouvait une masure tombant en ruines, entourée d'un jardinet inculte, et qu'on aurait pu croire inhabitée tant son aspect désolé révélait de négligence de la part du propriétaire.

Cette bicoque servait pourtant d'abri à deux êtres humains : Angélique, vieille femme presque entièrement paralysée, et sa petite-fille Louison, enfant de dix ans, à peu près aussi sauvage que les plantes croissant dans le jardin attenant à la cabane.

L'âge et les infirmités avaient rendu la vieille incapable de travailler. Louison, habituée dès sa plus tendre enfance à vagabonder, sans que personne lui eût jamais donné la notion d'aucun devoir, n'était pas plus capable que sa grand'mère de travailler pour assurer leur existence à toutes deux. La misère la plus complète régnait donc dans la demeure de ces deux pauvres créatures, dont nul, dans le hameau, ne songeait à prendre souci.

Louison, pourtant, n'était ni méchante ni dépourvue d'intelligence. Seulement, ainsi que nous l'avons dit, c'était une petite plante sauvage, qui avait grandi sans culture.

L'enfant, livrée à ses seuls instincts, n'avait aucune

notion du bien et du mal, si ce n'est celle que Dieu donne à toute âme créée à son image, par la voix de cette compagne inséparable de l'homme, dont l'impie lui-même subit la loi tout en refusant d'en reconnaître l'existence, et qui s'appelle la conscience.

L'ignorance de Louison était si absolue, que la voix de la conscience n'arrivait point à son esprit ni à sa raison, mais seulement à son cœur. C'était déjà quelque chose, sans doute, mais c'était loin d'être assez. En un mot, lorsque Louison sentait avec son cœur qu'une chose était bonne, elle la faisait volontiers ; et elle éprouvait, au contraire, une répulsion en quelque sorte instinctive pour toute action méchante. Mais là s'arrêtait pour la pauvre petite la notion du bien et du mal. Beaucoup de choses considérées comme répréhensibles au point de vue du droit, de la raison, de la justice, lui paraissaient toutes naturelles, et personne ne se souciait de la faire changer d'opinion.

Ainsi son bon cœur lui conseillait de soigner de son mieux la pauvre vieille mère Angélique ; et, quoique sa grande inexpérience rendît souvent ses soins plus fatigants qu'utiles pour la pauvre paralytique, l'intention, du moins, était excellente.

Mais Louison croyait céder aussi à l'impulsion de son bon cœur quand elle allait marauder çà et là, volant des légumes, des fruits, et, quand elle le pouvait, des volailles, pour nourrir sa grand'mère. Elle appelait ceux qui voulaient l'empêcher de commettre ces vols « des méchants », et elle trouvait aussi très naturel de se venger de leur méchanceté en leur jouant tous les mauvais tours que son esprit inventif pouvait lui suggérer.

Il en résultait que les habitants du pays la détestaient et la redoutaient à la fois. Bien loin de venir en aide aux deux malheureuses créatures, on grondait et on chassait Louison dès qu'on la voyait approcher ; on l'accusait de tous les méfaits qui se commettaient dans le pays alors même qu'elle en était innocente. L'enfant, révoltée de voir qu'on l'accusait et qu'on la maltraitait injustement, s'indignait, et, poussée par la colère, faisait le mal pour le seul plaisir de se venger, comme si elle eût été réellement méchante.

Pourtant, en dépit de l'abandon où elle était et des mauvais penchants auxquels la pauvre petite cédait sans contrainte, Louison n'avait pas contracté un défaut, trop commun chez les enfants qui grandissent dans d'aussi déplorables conditions : elle n'était pas menteuse.

Le mensonge lui avait toujours inspiré une répulsion irraisonnée, presque instinctive, et jamais l'idée ne lui venait d'y avoir recours, même lorsqu'il s'agissait pour elle d'éviter le châtiment mérité par quelqu'un de ses méfaits habituels.

En reconnaissant les nombreux défauts dus à la triste existence menée par l'enfant abandonnée, on doit au moins rendre justice aux deux seules qualités qui, chez cette nature foncièrement bonne, qui avait résisté jusqu'alors aux déplorables influences de la misère et du vagabondage, c'est-à-dire à la franchise, souvent presque brutale, de Louison, et à l'excellent cœur, qui ne l'empêchait cependant pas, ainsi que nous l'avons dit, de commettre des actes de véritable méchanceté.

La vieille mère, dont les facultés intellectuelles étaient affaiblies par l'âge et par la maladie, avait parfois des éclairs de raison, pendant lesquels elle s'inquiétait de l'avenir de sa petite-fille. Alors elle engageait Louison à travailler, à aller dans les fermes demander de l'ouvrage. Elle lui disait que le pain gagné par le travail était le seul qu'on pût manger sans honte. Mais bientôt la pauvre infirme retombait dans son abattement habituel; ses idées devenaient confuses; elle réclamait, avec une persistance enfantine, le repas que Louison ne pouvait lui procurer qu'à l'aide du vol, et la petite, entraînée par le désir de réjouir la vieille mère, oubliait promptement les sages conseils qu'elle en avait reçus.

Il était à craindre que, peu à peu, la force des mauvaises habitudes détruisant ce qui restait encore chez Louison d'honnêteté et de générosité natives, la petite vagabonde ne devînt, comme le lui prédisaient les paysans victimes de ses larcins, un affreux petit mauvais sujet, destiné à aller un jour expier ses méfaits dans une maison de correction.

Mais le Seigneur place un ange gardien près du berceau des orphelins abandonnés, comme près du berceau entouré de parents attentifs.

Même, s'il n'était pas reconnu que tous les enfants du Seigneur sont égaux à ses yeux, — car c'est surtout au pied de l'autel que règne la véritable égalité, — on serait tenté de croire que les célestes esprits, préposés par le Créateur à la garde des âmes au moment où elles commencent leur pèlerinage sur la terre, ont une sorte de préférence pour les petits êtres privés des caresses et de la sollicitude maternelles, et qui semblent n'être venus ici-bas que pour souffrir.

Personne au monde ne s'occupait de Louison; nul ne songeait à mettre en garde contre les dangers de la route cette frêle voyageuse, qui, dans son insouciante ignorance, les bravait sans les connaître. Mais l'ange gardien veillait; et, quoique souvent réduit à voiler de son aile son front si pur, que les mauvaises actions de sa protégée faisaient rougir de honte, il n'abandonnait point l'enfant confiée à sa garde. Il se tenait prêt à saisir la première bonne inspiration de Louison, pour aider la pauvre fille à entrer résolument dans la route droite qu'elle ne connaissait point encore.

Il fallait que le messager céleste fût doué d'une patience véritablement angélique pour ne pas désespérer du succès de sa tâche; car Louison, loin de paraître disposée à devenir meilleure, semblait, au contraire, faire chaque jour de rapides progrès dans le mal. D'un autre côté, l'aïeule, dont les forces déclinaient visiblement, devenait de plus en plus exigeante, et Louison, qui mettait son orgueil à ne lui rien refuser de ce qu'elle demandait, se croyait obligée d'augmenter le nombre et l'importance de ses entreprises contre le bien d'autrui.

Un cultivateur habitant une maison isolée, à un kilomètre du hameau, possédait dans son jardin des pêches d'une espèce particulière, que leur grosseur et leur saveur avaient rendues célèbres à plusieurs lieues à la ronde.

La vente de ces fruits magnifiques procurait à Blanchet, — c'était le nom du cultivateur, — des bénéfices assez considérables. De tous côtés on venait lui en acheter, et, quelque abondante que fût la récolte, elle ne suffisait jamais à satisfaire tous les acheteurs.

Aussi Blanchet soignait-il ses espaliers comme un avare soigne son coffre-fort. Il se méfiait, — avec raison, — des maraudeurs ; et, non content de les épier pendant le jour, il se levait plusieurs fois chaque nuit pour venir, armé d'un fusil chargé, s'assurer que les précieuses pêches ne couraient aucun danger.

Or ce fut justement sur ces pêches si bien gardées que l'imprudente et coupable Louison jeta son dévolu : non pas pour elle, car la petite n'était nullement gourmande, mais pour sa grand'mère, qui parlait sans cesse des pêches du père Blanchet, et se désolait de n'en point manger d'aussi bonnes.

Pour déjouer l'active surveillance de Blanchet, il était nécessaire de prendre des précautions extraordinaires. Louison attendit que les lumières fussent éteintes dans toutes les maisons; elle s'assura que sa grand'mère reposait paisiblement; puis elle sortit de la cabane, en regardant encore de tous côtés si personne ne guettait. La nuit était trop sombre pour qu'elle pût rien distinguer, mais le silence qui régnait autour d'elle la rassura, et elle se dirigea résolument vers la demeure de Blanchet.

Il pouvait être environ une heure du matin, et bien des enfants, à la place de Louison, auraient eu peur en se trouvant seules dans la campagne à cette heure avancée de la nuit. Mais la petite ne redoutait pas la solitude. Ce qu'elle craignait surtout, c'était la présence des gens du hameau, qui l'injuriaient et la maltraitaient chaque fois qu'ils la voyaient.

Elle arriva sans encombre jusqu'au jardin du père Blanchet, entouré de murailles assez hautes, auxquelles s'appuyaient les fameux espaliers, but de la course nocturne de la petite maraudeuse.

Arrivée là, elle s'accrocha fortement, avec une adresse qui dénotait l'habitude de ce genre d'exercice, aux branches les plus basses d'un arbre placé dans un champ voisin, à peu de distance du mur; puis, gagnant les branches plus hautes qui s'inclinaient vers le jardin du père Blanchet, elle se suspendit par les mains presque à l'extrémité d'une longue branche, qui, pliant sous son poids, l'amena assez près de terre pour qu'elle pût lâcher prise et se laisser tomber sans danger dans le jardin, au pied même des espaliers, objet de sa convoitise.

Sans perdre de temps, elle se mit à les dépouiller de leur riche parure, mettant les pêches dans son tablier, au risque de les écraser, et se hâtant de son mieux, car elle avait cru entendre la porte de la maison s'ouvrir doucement, et elle tremblait à la pensée d'être surprise en flagrant délit par le terrible propriétaire.

Enfin, son tablier ne pouvant contenir plus de pêches, Louison jugea sa récolte terminée. Elle assujettit solidement son tablier autour d'elle afin de conserver le libre usage de ses mains, puis elle saisit de nouveau la branche restée courbée, et commença, non sans s'écorcher rudement les mains, à avancer vers le tronc de l'arbre, d'où elle comptait arriver aisément en bas en s'aidant des branches inférieures, comme elle l'avait fait pour venir.

L'entreprise était plus difficile. Le poids du corps de Louison courbant la branche vers la terre, la petite était obligée de réunir toutes ses forces pour revenir jusqu'au tronc de l'arbre; et la crainte de tomber lui faisait momentanément oublier celle que lui inspirait le père Blanchet.

Tout à coup la branche qui la soutenait, au lieu de s'éloigner naturellement de terre à mesure que l'enfant cessait de peser sur son extrémité en se rapprochant du tronc de l'arbre, fut courbée violemment et maintenue par une main vigoureuse, tandis qu'une autre main, saisissant le bras de Louison, la forçait de lâcher prise et la replaçait sur le sol avec tant de rudesse, que les pêches volées, s'échappant du tablier détaché par la secousse, roulèrent de tous côtés.

C'était, on le devine, le père Blanchet, dont la présence se révélait d'une façon si peu agréable pour la pauvre Louison.

« Ah ! voleur ! je t'y prends ! dit le bonhomme, à qui l'obscurité ne permettait pas de reconnaître encore le maraudeur ; voilà assez longtemps que je te guette, tu payeras cette fois pour toutes les autres ! »

Tenant toujours par le bras Louison, qui n'osait prononcer une parole, il l'entraîna vers sa maison, où il avait laissé de la lumière.

« Comment ! c'est encore toi, petite misérable ! s'écria-t-il en reconnaissant l'enfant... Tu es donc incorrigible ! Mais, pour cette fois, je tiens le flagrant délit, et tu ne sortiras d'ici que pour aller en prison !

— Père Blanchet, je vous assure que c'est la première fois, dit Louison d'un ton suppliant. Ne me faites pas mettre en prison ; je vous promets que je ne recommencerai plus.

— Ouais ! c'est la première fois, dis-tu ? Et pourquoi donc me manque-t-il tous les jours des pêches ! Il n'y a que toi, petite effrontée, que je puisse soupçonner, et maintenant je prouverai que ce n'est pas sans cause. Tu vas rester ici jusqu'au jour, et alors j'irai faire ma déclaration pour qu'on t'emmène en prison. »

Malgré les larmes et les supplications de Louison, Blanchet l'enferma dans une pièce du rez-de-chaussée servant de cellier, et qui n'avait, outre la porte d'entrée, d'autre ouverture qu'une étroite fenêtre garnie de solides barreaux de fer, beaucoup trop rapprochés les uns des autres pour qu'un enfant, même de plus petite taille que Louison, pût y passer. Ensuite, persuadé que sa prisonnière ne pouvait lui échapper, le paysan retourna au jardin, afin de constater l'importance du dégât commis par elle.

Louison, qui prêtait une oreille attentive, l'entendit refermer la porte de la maison, puis s'éloigner, sans précaution cette fois, et elle suivit des yeux, à travers l'étroite lucarne, la lueur de la lanterne portée par Blanchet.

Quand elle fut bien sûre que le propriétaire des pêche

était loin, la petite se mit à parcourir sa prison en tous sens, tâtant les murs avec ses mains, et cherchant un moyen de s'échapper. Les nuages, en s'écartant tout à coup pour laisser les rayons de la lune pénétrer dans son cachot, lui permirent de constater que ni la petite fenêtre, ni la porte solidement fermée à clef en dehors, ne pouvaient lui fournir la possibilité de s'évader.

Louison, pourtant, ne se découragea point. Au lieu de pleurer et de se désoler comme l'auraient fait d'autres enfants à sa place, elle s'assit par terre, appuya ses coudes sur ses genoux, sa tête dans ses mains, et se mit à réfléchir.

Ses réflexions ne furent pas de longue durée. Au bout de quelques instants elle se leva, courut vers la porte pour s'assurer que, suivant l'usage de la campagne, il existait dans le bas une ouverture destinée à livrer passage aux chats de la maison, et poussa un cri de joie en voyant que l'ouverture s'y trouvait en effet.

Alors, sans perdre un instant, elle chercha, parmi les fagots amoncelés dans un coin du cellier, un bâton qu'elle introduisit dans la serrure, en s'efforçant de repousser la clef et de la faire tomber par terre. Après quelques tentatives inutiles, elle réussit enfin. La clef tomba en rendant un bruit sourd, et l'enfant, se couchant sur la terre pour passer plus facilement son bras par l'ouverture pratiquée au bas de la porte, put s'en emparer.

Son espièglerie naturelle reprenant le dessus, Louison se mit à rire de bon cœur en songeant au désappointement du bonhomme lorsqu'il ne trouverait plus sa prisonnière. Peu s'en fallut qu'elle ne cédât au désir de se cacher près de la demeure du cultivateur afin d'être témoin de sa surprise. Cependant la prudence l'emporta; la fillette ouvrit doucement la porte du cellier, et, après l'avoir soigneusement refermée à double tour, gagna la porte extérieure de la maison, fermée en dedans, naturellement.

Une fois dehors, Louison se mit à courir de toutes ses forces vers un petit bois peu éloigné, car elle ne doutait pas que Blanchet n'allât la chercher près de sa grand'-

mère. A l'entrée du bois se trouvait la cabane d'un garde-chasse, dont la femme s'était parfois montrée douce et bienveillante pour la petite abandonnée. Mais le garde-chasse était mort quelque temps auparavant, et sa veuve avait sans doute quitté la cabane avec leur unique enfant, une jolie petite fille de trois ans répondant au nom de Jeanne.

Soit par habitude, soit dans l'espoir de trouver un abri pour passer le reste de la nuit, Louison dirigea ses pas vers la cabane du garde-chasse. La porte n'était pas fermée; l'enfant entra, et, à la lueur d'une mauvaise chandelle de résine brûlant sur la table, elle aperçut la veuve couchée sur un misérable grabat. Jeanne reposait auprès de sa mère; mais elle était pâle, et sa petite main, crispée sur sa poitrine, révélait les souffrances de l'enfant, qui, la veille, n'avait pas mangé.

La veuve ne dormait pas. L'arrivée de Louison ne parut l'étonner que médiocrement; elle lui dit seulement :

« Ta grand'mère est-elle plus mal, petite? ou bien est-ce que tu as encore fait quelque mauvais coup? »

Louison, nous l'avons dit, n'était pas menteuse et ne rougissait point de ses méfaits. Elle raconta très franchement à la veuve ce qui venait de se passer, s'attendant à des compliments sur l'adresse avec laquelle elle s'était évadée de sa prison.

Madeleine Lorin, — c'était le nom de la veuve, — ne parut nullement disposée à l'admiration :

« Tu finiras mal, dit-elle d'un ton grave, c'est dommage. Tu aurais pu devenir une très bonne fille, et tu ne seras jamais qu'un petit mauvais sujet.

— Il fallait peut-être rester en prison dans le cellier! fit Louison avec humeur.

— Il fallait, avant tout, ne pas voler les pêches de Blanchet, répliqua Madeleine.

— Pourquoi? Blanchet est un méchant, il me gronde et me bat chaque fois qu'il me rencontre.

— Si Blanchet est méchant, il a tort. Mais, quand tu es méchante et voleuse, c'est toi qui as tort. On méprise les voleurs, on les craint. Ma petite Jeanne n'a rien mangé hier, et cependant l'idée ne me vient pas de voler pour lui donner du pain. Les honnêtes gens ne volent pas, et ce qu'il y a de plus beau au monde, c'est d'être honnête.

« Si tu n'étais pas connue comme voleuse, on t'estimerait; chacun tâcherait de te venir en aide, et Blanchet lui-même cesserait de te gronder et de te battre.

— Pourtant vous êtes honnête, Madeleine, et ça ne vous empêche pas d'être malheureuse, reprit Louison, qui avait peine à comprendre les avantages de l'honnêteté.

— Tu te trompes. Le père Durand, le garde champêtre, ne manque jamais d'entrer ici en faisant sa ronde, et, quoiqu'il ne soit pas riche, il m'aide de son mieux. Et puis, vois-tu, Louison, quand on peut se dire en soi-même qu'on vit honnêtement, ça laisse dans le cœur un contentement qui donne du courage pour supporter bien des souffrances. Si tu essayais une seule fois de travailler, le pain gagné par ton travail te paraîtrait si bon, que tu ne voudrais plus en manger d'autre, et que la seule idée de prendre ce qui ne t'appartient pas te ferait horreur. »

La petite ne répondit rien, mais elle resta pensive, regardant tour à tour la mère malade, et l'enfant dont le sommeil était troublé par les tortures de la faim. Soudain elle tressaillit, et parut chercher un endroit où se cacher, en entendant la voix du garde-champêtre, qui demandait, avant d'ouvrir la porte, s'il pouvait entrer.

« Vois, lui dit tout bas Madeleine, si tu n'étais pas une voleuse, tu ne craindrais pas un brave homme comme le père Durand. Mais n'aie pas peur; reste près de moi, je vais lui parler.

— Tenez, Madeleine, dit le garde en entrant, après avoir reçu la réponse de la veuve, voilà un peu de lait et du pain que j'apporte pour votre petite Jeanne. Ce n'est pas grand'chose, mais c'est pourtant mieux que rien. »

Tout à coup, apercevant Louison, qui s'efforçait de dissimuler sa présence, il la prit par le bras:

« Comment! tu es ici, petite voleuse? s'écria-t-il. A la bonne heure! voilà qui m'évitera de la besogne! Le père Blanchet est venu te dénoncer, et je suis chargé de t'arrêter.

— Non, mon bon père Durand, interrompit Madeleine, vous n'arrêterez pas Louison ici, car c'est moi qui l'ai retenue en l'assurant qu'elle n'avait rien à craindre. Vous ne voudriez pas charger ma conscience d'une trahison envers cette enfant.

— Mais vous ne savez pas qu'elle est entrée nuitamment dans le jardin de Blanchet pour y voler des pêches!

— Je sais tout, reprit Madeleine en faisant au garde un signe d'intelligence; mais Louison commence à comprendre qu'il vaut mieux travailler pour gagner sa vie que de voler le bien des autres. Je crois que ce serait une bonne action de lui donner les moyens de travailler au lieu de la mener en prison, où elle deviendra tout à fait un mauvais sujet.

— Oh! oui, monsieur Durand, s'écria la petite en joignant les mains; ne m'arrêtez pas, mais faites-moi donner de l'ouvrage pour que grand'mère n'ait pas faim.

— Ta, ta, ta, voyez-vous ça! fit le garde, plus ému qu'il ne voulait le paraître. Mais, petite malheureuse, je ne peux pas me dispenser de t'arrêter. Blanchet a porté une plainte contre toi; je manquerais à mon devoir en te laissant aller.

— Il y a un moyen, dit encore Madeleine; consentez seulement, père Durand, à parler à Blanchet en faveur de Louison, et laissez-la libre, mais à condition qu'elle ira chez vous cet après-dîner chercher la réponse de Blanchet, et se faire arrêter s'il n'a pas consenti à lui pardonner.

— Plaisantez-vous, fit le garde en riant, prisonnière sur parole! une voleuse! Si je la laisse échapper, elle se gardera bien de venir chez moi.

— Du tout, monsieur Durand, si je vous promets d'y aller, j'irai. Je n'ai jamais menti, » fit la petite, rouge de honte.

Madeleine insista de nouveau, assurant que, en effet, Louison n'était pas menteuse, et qu'on pouvait se fier à sa promesse.

« Eh bien, reprit le garde, je suis curieux de mettre cette honnêteté-là à l'épreuve. Blanchet va certainement se moquer de moi, et il n'aura pas tous les torts du monde; mais je veux lui parler pour toi, petite. Si, en effet, tu viens toi-même tantôt à quatre heures, comme tu le promets, tu prouveras que, malgré tes torts, il y a encore en toi un fonds d'honnêteté qui peut te sauver, et, vrai comme je m'appelle Durand, je deviendrai ton ami, et je tâcherai de t'aider à sortir du mauvais chemin où tu es maintenant.

— Tu vois, Louison, conclut Madeleine, on te témoigne de la confiance, on te traite en honnête fille, c'est à toi de prouver que tu veux, en effet, le devenir. »

L'enfant, vivement impressionnée par les paroles du garde, pénétrée du sentiment de son importance depuis qu'on lui parlait comme à une créature raisonnable et non pas comme à un petit être malfaisant et nuisible à tous, remercia avec effusion Durand et Madeleine, et promit de nouveau, d'un ton presque solennel, qu'à l'heure fixée elle serait exacte au rendez-vous. Puis, après avoir dit qu'elle voulait aller rassurer sa grand'-mère, sans doute fort inquiète sur son compte, Louison s'enfuit à toutes jambes.

« Ma pauvre Madeleine, dit le garde en la voyant s'éloigner, je n'ai pas eu le courage de repousser votre prière, mais je voudrais être aussi sûr de vous voir promptement guérie que je le suis de ne pas voir cette gamine chez moi à quatre heures.

— Et moi, répliqua vivement Madeleine, je suis persuadée que Louison tiendra sa parole. Au surplus, nous saurons bientôt qui de nous deux aura raison. »

En dépit des assurances de Madeleine, le père Durand était mécontent de lui; il se gourmandait intérieurement de la faiblesse dont il venait de faire preuve. Ce fut l'oreille basse qu'il alla trouver le vieux Blanchet pour intercéder auprès de lui en faveur de Louison, et pour lui annoncer qu'il avait accordé un répit de quelques heures à la petite maraudeuse, sur la promesse faite par celle-ci de venir chez lui le même jour à quatre heures.

Ainsi qu'il l'avait pensé, Blanchet commença par se fâcher tout de bon. Puis, en y réfléchissant, la naïveté du garde lui parut si comique, qu'il finit par prendre la chose en riant, et par se moquer de son vieux camarade Durand, assez simple pour se laisser attraper par une enfant telle que Louison.

La patience n'était pas la vertu dominante de Durand. Mais, cette fois, il sentait si bien au fond de l'âme le ridicule de sa situation, que, ne trouvant rien à répondre, il se contentait de mordiller en silence le bout de sa moustache.

Le brave homme faisait une mine si piteuse, que Blanchet, quoique peu sensible de sa nature, avait presque pitié de lui.

« Allons, allons, lui dit-il en riant, tu as fait un pas de clerc, mon vieux camarade, et c'est moi qui le paye; car, au bout du compte, j'en suis pour le dégât que cette petite vaurienne a causé chez moi. Mais, puisque je prends bien la chose, puisque je ne t'en veux pas, il est inutile de garder cet air déconfit. Au fait, nous n'en mourrons ni l'un ni l'autre; ça vaut encore mieux, comme on dit, qu'une jambe cassée, et j'espère que la leçon te profitera.

— Attends encore, crut devoir dire Durand, mais d'un ton peu convaincu; si la petite tient sa promesse, ce sera à mon tour de rire à tes dépens.

— Si elle tient sa promesse! répliqua Blanchet riant à gorge déployée, oh! par exemple, je voudrais le voir pour le croire! Écoute, Durand, je serai, moi, chez toi à quatre heures, et si Louison est exacte, non seulement je te promets que je lui pardonnerai, mais encore que je te donnerai, pour les partager avec elle, une demi-douzaine de belles pêches pareilles à celles qu'elle m'a volées. »

Louison, cause de tant de discussions, avait, nous l'avons dit, commencé par s'enfuir à toutes jambes, obéissant à l'instinct qui lui conseillait de mettre promptement la plus grande distance possible entre elle et le garde champêtre. A moitié chemin seulement de la maisonnette de sa grand'mère, elle avait ralenti le pas et, s'absorbant dans de profondes réflexions, avait semblé oublier le but de sa course. Cependant, tout en avançant presque machinalement, elle finit par arriver, et trouva, comme elle s'y attendait, son aïeule en proie à une inquiétude mortelle.

L'enfant s'abstint de raconter son aventure. Elle dit seulement qu'elle était occupée d'un projet qui, s'il réussissait, devait les tirer toutes deux de la misère.

« Ce n'est pas quelque chose de malhonnête au moins? demanda l'aïeule, qui se trouvait justement dans un de ses moments lucides.

—Non, grand'mère, répliqua fièrement Louise, je suis une honnête fille, et je veux qu'on puisse avoir confiance en moi ! »

Tout en parlant, elle bouleversait le pauvre mobilier garnissant la cabane, afin de trouver un vieux panier qui jadis servait à la mère Angélique pour mettre des pommes de terre. Quand enfin elle l'eut trouvé, la petite sortit en disant d'un air important qu'elle n'avait pas de temps à perdre, si elle voulait essayer d'exécuter son projet.

Il était, en effet, près de midi, et le rendez-vous, on s'en souvient, était pour quatre heures. Mais Louison avait-elle réellement l'intention de s'y rendre?... A l'heure dite, Blanchet arriva chez Durand, le garde champêtre, et constata d'un air triomphant que Louison n'avait point paru.

« Attendons encore quelques instants, fit Durand s'efforçant de cacher son dépit. Donnons-lui un quart d'heure de grâce à cette enfant. Il n'est pas encore prouvé qu'elle ne viendra pas. »

Tous deux sortirent de la maison, regardant à droite et à gauche sur la route s'ils n'apercevraient point la fillette. Tout à coup Durand s'écria :

« Eh ! tenez ! la voilà ! En vérité, c'est elle, la bonne

petite fille! fidèle à la parole donnée! Pauvre enfant! C'est bien tout de même ce qu'elle fait là. Tenez, père Blanchet, moquez-vous de moi si vous voulez, je conviens que c'est ridicule, mais ça me fait quelque chose de voir cette gamine, que tout le monde traite de vaurienne, venir ainsi tout simplement se faire arrêter, quand rien ne l'y force, si ce n'est la promesse qu'elle a faite. »

L'impression produite sur Blanchet par l'apparition de la petite vagabonde fut bien différente. Le bonhomme, trouvant la chose assez invraisemblable pour douter même du témoignage de ses yeux, refusa d'abord de reconnaître Louison dans la fillette qui s'avançait lentement sur la route, absorbée par la contemplation d'un objet qu'elle tenait dans la main, et la tête couverte d'un vieux panier retourné, coiffure originale s'il en fut, mais qui suffisait à la garantir contre les rayons encore ardents du soleil à son déclin.

« Ce n'est pas elle! Cette fillette est plus grande que Louison! » commença par s'écrier Blanchet.

Puis, quand, en se faisant un abat-jour de sa main, il fut obligé de se rendre à l'évidence et d'avouer que c'était bien Louison, il reprit :

« Elle a l'air de nous narguer! La voyez-vous, marchant tranquillement comme une bourgeoise à la promenade? On croirait, à sa mine, qu'elle n'a rien à se reprocher! Et... oh! pour le coup c'est trop fort! Voilà qui dépasse toutes les bornes de l'audace! Il me semble, Dieu me pardonne, que la petite misérable compte de l'argent! Le produit de quelque vol, bien certainement, père Durand; cette fois je vous requiers d'user de rigueur, et d'exercer votre ministère en arrêtant sur-le-champ la délinquante, qui, non seulement a commis un nouveau délit, mais ose braver l'autorité en venant effrontément étaler devant vous le fruit de ses rapines! »

Le père Durand n'eut pas le temps de répondre. Louison, arrivée auprès des deux interlocuteurs, prit la parole à sa place, et dit à Blanchet, en lui tendant sa petite main pleine de gros sous :

« Monsieur Blanchet, combien valaient les pêches que

j'ai cueillies à vos espaliers et que vous avez écrasées en voulant me les reprendre? Il y a ici trois francs; si vous trouvez que ce n'est pas assez, dites-moi ce qu'il vous faut encore, et d'ici à quelques jours je vous payerai le reste. »

Blanchet, sans prendre l'argent, recula d'un pas, avec un air de stupéfaction si comique, que Louison ne put s'empêcher de rire, et que le père Durand détourna la tête pour ne pas paraître s'associer à cette gaieté, peu convenable dans la circonstance.

« Tu railles, je crois! petit mauvais sujet, dit Blanchet sérieusement indigné. Tu oses m'offrir de l'argent! Et où as-tu pris cet argent? Je voudrais bien le savoir! Tu l'as volé sans doute, comme tu m'aurais volé mes pêches, si je n'y avais pas mis bon ordre!

— Je ne l'ai pas volé; je n'ai jamais pris d'argent à personne! Cet argent-là est bien à moi, car je l'ai gagné, répondit fièrement Louison.

— Gagné! reprit Blanchet en ricanant d'un air moqueur; toi, tu as gagné de l'argent? Dis plutôt que tu l'as pris dans la poche du voisin. »

Le père Durand ne disait rien, mais la manière dont il tordait furieusement sa moustache grise prouvait que l'impatience commençait à s'emparer de lui.

« Je vous répète que je n'ai pas volé cet argent, mais je l'ai honnêtement gagné, reprit l'enfant, avec un accent de naïf orgueil. Après avoir quitté M. Durand j'ai pris ce panier chez grand'mère, j'ai couru aux champs et j'ai cueilli des bluets, des coquelicots, des pâquerettes, enfin toutes les jolies fleurs que j'ai pu trouver; puis je me suis assise à l'ombre et j'ai fait des bouquets que j'ai bien arrangés dans mon panier avec de la verdure. Ensuite j'ai été proposer les bouquets dans plusieurs des maisons de campagne qui sont autour du village. J'ai vu de bonnes dames qui m'ont donné des sous et des pièces blanches; on a trouvé mes bouquets jolis, on m'a promis qu'on m'en achèterait chaque fois que j'en apporterais; une belle petite fille m'a même donné des gâteaux et un pot de confitures, mais j'ai gardé seulement la moitié de ces bonnes choses pour grand'mère, et j'ai porté le reste à Madeleine, qui, la première, a eu confiance en moi. Quant à l'argent, vous pouvez le prendre, monsieur Blanchet. Quand j'en aurai gagné d'autre, je vous en donnerai encore, si vous voulez, pour que vous n'ayez point le droit de dire que je suis une voleuse et que je vous ai fait tort en prenant les pêches de votre jardin.

— Ah! ah! si c'est ainsi, en effet, la chose est bien différente, répliqua Blanchet très embarrassé. Eh bien, petite, je suis un bon homme moi, je ne veux pas te décourager, si tu as réellement envie de revenir au bien. Les pêches, tu le sais, sont d'une qualité exceptionnelle et renommée dans tout le pays; je les aurais bien vendues dix sous pièce, et tu m'en as perdu plus de vingt-cinq. Mais, comme je te le dis, j'ai pitié de toi, nous compterons seulement vingt pêches à dix sous, ce qui fera juste dix francs. J'accepte les trois francs; ce sera donc sept francs que tu me devras encore et que tu me payeras peu à peu, avec l'argent qu'on te donnera pour tes bouquets. Tu vois que j'y mets de la bonne volonté.

— Dix francs! fit Louison, toute déconcertée par l'importance de la somme. Enfin c'est égal, merci tout de même de votre bonté, monsieur Blanchet. Tenez, voici les trois francs; je vous donnerai tout ce que je gagnerai jusqu'à ce que vous ayez reçu vos dix francs. »

La pauvre fillette tendit d'une main tremblante sa poignée de menue monnaie à Blanchet, et celui-ci allait s'en emparer quand le père Durand jugea le moment venu d'intervenir :

« Un instant, dit-il gravement, un instant! Je suis ici le représentant de la loi, et je dois veiller à ce que les choses se passent légalement.

« Blanchet, je prends acte de l'acquiescement que vous venez de donner à la proposition faite par Louison de vous payer les pêches perdues par sa faute. Il ne s'agit donc plus maintenant d'un délit à punir, mais seulement d'un marché à conclure. Lève la tête, ma brave enfant; Blanchet n'a plus le droit de te traiter de voleuse. Tu n'es pas une voleuse, mais seulement une acheteuse à qui il vend sa marchandise, et, comme tu ne me parais point très expérimentée, je veux venir à ton aide et veiller à ce que tu ne sois pas, à ton tour, victime, sinon positivement d'un vol, au moins d'une exagération de prix un peu trop... exorbitante.

— Comment? exorbitante! voulut se récrier Blanchet.

— Chut! reprit le garde champêtre lui imposant silence du geste. J'ai dit exorbitante, et je maintiens le mot. Vous, Blanchet, vous ne vendez jamais vos pêches plus de quatre sous la pièce, et, dimanche dernier, vous vous êtes encore querellé au cabaret avec la grande Jeanne, la fruitière du bourg, qui ne voulait vous les payer que trois sous, tandis que, prétendiez-vous, elle les vend six sous aux bourgeois des environs. C'est donc quatre sous pièce et pas plus que Louison vous les payera. Ensuite vous oubliez que vous m'avez mené ce matin dans votre jardin pour constater le dégât; or j'ai compté les pêches à demi écrasées par terre : il y en avait juste huit.

— Sans doute! fit vivement Blanchet; mais j'en avais déjà ramassé douze, moins endommagées. Elles sont chez moi, sur des assiettes, je puis vous les montrer.

— Inutile, je vous crois, répondit Durand. Mais ces pêches moins endommagées, vous l'avouez vous-même, ne doivent pas être comptées au même prix que celles dont vous ne pourrez tirer aucun parti. Nous les payerons, si vous le voulez bien, à raison de dix centimes la pièce, soit vingt-quatre sous les douze pêches, puis huit pêches complètement abîmées, à vingt centimes, soit trente-deux sous, en tout cinquante-six sous. Maintenant je vous rappellerai, vieux Blanchet, la promesse faite par vous, il y a une heure, de donner, si Louison était fidèle à sa parole, six de vos belles pêches à partager entre elle et moi. Je les lui abandonne toutes; c'est donc vingt-quatre sous à déduire de la somme totale, et il ne lui reste plus à vous remettre, si elle le veut bien, que trente-deux sous. Remarquez, Blanchet, que je dis : Si elle le veut bien. Rigoureusement parlant, elle serait en droit de ne rien vous donner, puisque vous avez promis aussi de lui pardonner sa faute si elle venait ici à l'heure dite, et vous n'aviez point mis de condition à ce pardon. Cependant, Louison, je te conseille de réparer le mal que tu as causé; ta conscience en sera plus tranquille. Remets donc trente-deux sous à Blanchet, et considère-toi comme quitte envers lui. »

Louison, trop émue pour compter la somme fixée par le garde champêtre, continuait toujours de présenter à Blanchet sa petite fortune. Durand prit trente-deux sous dans la main de l'enfant, et les mit dans celle du cultivateur, qui, très mécontent de ce dénouement, n'osa cependant pas trop réclamer. Blanchet avait assez souvent besoin du garde champêtre, et, de plus, il savait que tout le monde, dans le pays, donnerait raison au père Durand, qui jouissait de l'estime et de la sympathie générales.

Seulement la mauvaise humeur l'empêcha d'accepter l'offre faite par Durand d'entrer se reposer un instant. Il prétexta d'une affaire importante qui l'appelait chez lui, et retourna, tout en grommelant, compter les pêches de ses espaliers.

« Ainsi, monsieur Durand, vous n'allez pas me mettre en prison? fit Louise radieuse, quand Blanchet se fut éloigné.

— Non, certes, ma bonne enfant, répliqua le garde; et non seulement je ne te mettrai pas en prison, mais à dater de ce jour tu peux compter sur l'amitié du vieux Durand. Seulement, plus de vagabondage, plus de ces petits vols que tu commettais jusqu'ici. Tu connais maintenant la jouissance qu'on éprouve en recevant des témoignages de confiance et de respect; j'espère que tu ne t'exposeras plus à être méprisée et traitée de voleuse.

— Oh! non, je veux être toujours honnête; je veux apprendre à travailler! s'écria Louison; je veux gagner de l'argent pour grand'mère, et aussi pour Madeleine et pour sa pauvre petite fille.

— Tu as bon cœur, tu n'es ni sotte ni maladroite; tu seras, si tu veux t'en donner la peine, une brave et digne enfant, reprit Durand. Mais viens avec moi chez Madeleine, j'ai mon projet.

— Et moi aussi, j'ai le mien, dit Louison. Sur l'argent que vous m'avez laissé et que j'avais compté remettre à Blanchet, je veux en donner la moitié à Madeleine; car, sans la confiance qu'elle a eue en moi, je ne comprendrais pas encore quel bien ça fait d'être traitée comme une bonne enfant. Maintenant je vois pourquoi il ne faut ni voler ni mentir, c'est parce que, en restant honnête, on n'est jamais ni maltraité ni méprisé.

— Hum! » fit le père Durand, qui ne crut pas devoir détruire l'illusion de l'enfant au moment où le sentiment de l'honnêteté commençait à pénétrer dans son âme; « bientôt, je l'espère, tu apprendras, petite, que nous avons, pour bien agir, des motifs encore plus importants que celui-là. M. le curé se chargera de te les enseigner à ses instructions du catéchisme, car tu es encore une pauvre petite païenne, ou peu s'en faut, et nous devons mettre ordre à cela le plus tôt possible. »

Louison, pour qui ces paroles étaient à peu près incompréhensibles, regardait son nouvel ami d'un air si stupéfait, qu'il ne put s'empêcher de sourire.

« Viens, dit-il en la faisant entrer chez Madeleine, nous allons nous occuper de l'exécution de mon projet. »

La veuve accueillit Louison avec des témoignages d'amitié d'autant plus doux pour la pauvre petite créature, qu'elle y était moins accoutumée. Puis le père Durand, qui aimait, comme il le disait, à mener les choses rondement, expliqua le projet que lui avait suggéré la touchante résolution prise par Louison de partager son gain avec la brave femme qui, la première, lui avait montré de la confiance.

Comme Madeleine, obligée de céder au nouveau garde-chasse, successeur de son mari défunt, la maisonnette qu'elle habitait, allait se trouver sans abri, le père Durand voulait installer la veuve et son enfant auprès de Louison et de sa grand'mère. Madeleine, disait-il, soignerait le ménage et la vieille infirme; elle apprendrait à Louison l'ordre et la propreté. On mettrait en commun l'argent gagné par la petite marchande de bouquets, et quand l'hiver viendrait, la veuve, habile ouvrière, serait assez bien portante pour gagner à son tour quelque argent par des travaux d'aiguille, dans lesquels Louison, d'abord inexpérimentée, deviendrait bientôt assez adroite pour l'aider sérieusement. Le dimanche les deux enfants iraient à la messe et au catéchisme; la femme du père Durand, qui était instruite, leur apprendrait à lire et leur ferait réciter leurs leçons, et ainsi, de deux misères réunies, on ferait une existence modeste, mais supportable, et surtout dont on n'aurait à rougir devant personne.

Le plan, accueilli avec enthousiasme par Madeleine et par Louison, fut soumis à la grand'mère, qui en parut enchantée. Le déménagement ne demanda pas beaucoup de temps, et, le soir même, la maisonnette de la vieille Angélique, animée par la présence de ses nouveaux hôtes, commença, sous la direction de Madeleine, déjà mieux portante en se trouvant moins isolée, à prendre un aspect d'ordre et de confort dont Louison se montrait tout émerveillée.

Selon les prévisions du brave garde champêtre, la petite vagabonde, encouragée par les conseils et par l'exemple de la veuve, renonça bientôt à ses habitudes de maraude, et, l'année suivante, Louison, grave et recueillie, s'approcha pour la première fois de la sainte table. Le vénérable curé choisit, ce jour-là, pour sujet de son allocution, le devoir qu'a tout vrai chrétien de tendre une main secourable à ses frères égarés, et de tâcher de sauver, en les éclairant et en les rendant au respect d'eux-mêmes, de pauvres êtres que l'ignorance seule et l'absence de bons conseils ou de bons exemples empêchent souvent de sortir de la mauvaise voie où ils se sont engagés.

LES REVENANTS DU CHATEAU DE SAINT-GERMAIN

Ceci se passait il y a quelques mois à peine.

Dès le matin, les flâneurs, qui consultaient avec anxiété l'état du ciel pour savoir s'ils pouvaient entreprendre une excursion lointaine sans courir le risque d'être surpris par l'orage et la pluie, convinrent unanimement que la journée promettait d'être... superbe !

En conséquence, l'un d'eux, appartenant à cette catégorie de gens qui ne savent comment employer leur temps, qui ont admiré les merveilles de la Suisse et de l'Italie, mais n'ont jamais visité les monuments de Paris, leur ville natale, et ne connaissent de ses environs que le bois de Boulogne, le champ de courses, et peut-être Versailles et Saint-Cloud, eut ce jour-là une fantaisie étrange, à coup sûr, chez un Parisien : celle d'aller visiter le château de Saint-Germain.

A propos, comment appellerons-nous notre héros ? Le désigner par ce titre de flâneur est certainement peu convenable ; d'autre part, déclarer hautement ici le nom qu'il a reçu de ses ancêtres serait peut-être indiscret et pourrait lui déplaire. Il s'agit donc de lui trouver un nom original, qui ne trahisse en aucune façon l'incognito du personnage. Si le nom de *Nemo* n'avait pas déjà été choisi par un écrivain bien connu, il nous aurait convenu merveilleusement, d'autant mieux qu'il a une certaine prétention à l'air érudit (non point à l'érudition), qui n'aurait pas été sans nous flatter en nous donnant quelque importance.

Mais, ne pouvant l'appeler *Nemo*, pourquoi ne le nommerions-nous pas... *Aliquis ?* Eh ! oui, vraiment, c'est cela ! le docte Aliquis ! comme cela sonne bien à l'oreille ! Quel parfum de parchemins jaunis et de vieux bouquins poudreux semble s'exhaler de ce nom, si digne de remplacer celui de *Nemo !* A coup sûr, nous voilà déjà, par le seul fait de ce nom, à cent mille lieues du bois de Boulogne ; et l'imagination a peine à se représenter le seigneur Aliquis pariant à la Marche et discourant gravement dans l'enceinte du pesage sur les mérites de tel ou tel jockey.

Va donc pour Aliquis, qui, sans se préoccuper outre mesure des parchemins jaunis et des bouquins poudreux, prit, comme un simple Parisien qu'il était, le chemin de fer du Havre, s'abandonna franchement au plaisir de respirer un air plus pur que celui des rues de Paris, et admira le plus naïvement du monde le pays charmant et accidenté que l'on traverse pour se rendre à Saint-Germain.

Enfin, arrivé au but de son voyage, Aliquis pénétra dans la cour du château et contempla d'un œil indifférent cette masse imposante, à l'aspect triste et sévère, ces arcades, ces tourelles dont la sombre majesté semble parler au passant des siècles écoulés, et les travaux qui, sous la direction d'un habile architecte, feront bientôt revivre les souvenirs que le débarquement croissant de l antique résidence royale menaçait d'un prochain oubli.

Aliquis, étourdi, léger, sceptique comme le sont la plupart des Parisiens, qui se donnent rarement la peine d'observer et d'étudier sérieusement quoi que ce soit, parcourut distraitement quelques-unes des salles déjà restaurées ; s'approcha *tantôt* d'une fenêtre, *tantôt* d'une autre, jetant un regard ennuyé sur les jardins, qui cependant méritaient plus d'égards ; puis, fatigué de sa promenade, finit par s'appuyer contre une fenêtre du second étage, à l'endroit même où Mlle de la Vallière avait passé de longues heures à discourir avec quelques-unes de ses compagnes préférées, et, la tête penchée sur sa main, tomba dans une profonde rêverie.

En dépit de lui-même, le vieux château, les objets étrangers dont il était entouré et qui n'avaient pas la moindre analogie avec ceux qui frappaient habituellement ses regards, exerçaient sur son esprit et sur son imagination une bizarre influence. Il se revoyait au temps où, simple écolier, passionné pour l'étude de l'histoire, il vivait en compagnie des héros des siècles passés, et ne se décidait que difficilement à quitter les troubadours ou les preux chevaliers avec lesquels il conversait, au moment où le gardien de la bibliothèque prononçait d'une voix sonore ces terribles paroles : « Messieurs, il est quatre heures ! » Pour le coup, les parchemins jaunis et les bouquins poudreux n'étaient plus si fort hors de saison. Aliquis, entraîné par sa rêverie, devenait véritablement le docte Aliquis ; et, sa pensée voltigeant d'une époque à une autre, il aurait, sans plus de surprise, écouté les étonnantes prédictions du fameux astrologue Thomas de Pisan, ou les poésies de Clément Marot ; salué la belle Marguerite de Navarre ou Catherine de Médicis ; admiré le dernier chef-d'œuvre d'Annibal Carrache ou les dessins de Jacques Callot ; pris part au ballet vis-à-vis du Roi-Soleil, ou parlé le langage prétentieux et affecté des Précieuses. Tous les souvenirs du temps jadis lui arrivaient en foule : il voyait passer devant ses yeux le cortège des seigneurs et des nobles dames qui, depuis six à sept siècles, avaient tour à tour animé de leur présence, honoré de leur admiration ce pays, ce château, qu'un Parisien blasé jugeait à peine digne de lui servir comme but de promenade en un jour de désœuvrement.

Tout à coup, et tandis que le cortège continuait sa marche lente et solennelle, un des plus graves personnages quitta son rang pour venir se placer justement auprès d'Aliquis.

Celui-ci, qui, nous l'avons dit, n'était pas disposé à s'étonner pour si peu, se recula civilement pour faire place au nouveau venu, qui ne parut que médiocrement sensible à cette politesse.

Aliquis, curieux de sa nature, tourna la tête vers son voisin et se mit à l'examiner. Le costume de celui-ci devait, d'après l'opinion de notre héros, dater environ du xvᵉ siècle; sa forme, sa couleur, convenaient à un savant; et le Parisien, en observant les yeux fatigués, les rides précoces du personnage, fut confirmé dans l'opinion que l'homme qu'il avait devant les yeux avait voué son existence à l'étude.

Ce qui l'intriguait surtout, c'était l'air étrange de son voisin, qui ne semblait faire aucune attention à lui. Les sourcils froncés, la bouche contractée par un sourire amer et sardonique, il murmurait entre ses dents des paroles sans suite, parmi lesquelles revenaient souvent les mots : « Injustice ! indigne spoliation ! violation de tous droits ! vol manifeste ! » etc.

Ne pouvant plus maîtriser sa curiosité, Aliquis, après avoir vainement tenté à plusieurs reprises d'attirer sur lui l'attention, en tournant et se remuant sur sa banquette de la manière la plus significative, prit un grand parti :

« Monsieur, dit-il poliment, vous me paraissez être de la maison ; vous plairait-il de m'apprendre quels sont ces personnages qui se promènent devant nous, et qui, si j'en juge par leurs vêtements, ne sont point, à proprement parler, contemporains les uns des autres ? »

Le voisin d'Aliquis jeta sur lui un regard méfiant, et à son tour lui demanda d'un ton qui n'avait rien d'aimable :

« Pourquoi me faites-vous cette question ?

— Hé ! apparemment pour obtenir de vous une réponse, répondit vivement Aliquis, qui ne croyait pas avoir commis une indiscrétion. Je m'ennuyais à Paris, je suis venu à Saint-Germain pour me distraire ; mais la chaleur est trop forte, et une fatigue insurmontable m'ayant obligé à prendre quelque repos, je...

— Bien, bien ; je comprends, fit son interlocuteur, qui, après l'avoir regardé, parut soudain oublier toute défiance, et devint aussi communicatif qu'il avait été jusque-là réservé. Je suis prêt à vous donner tous les renseignements désirables; d'abord je commencerai par vous dire que ces gens-là, et vous voyez qu'il sont nombreux, sont chez moi, et reçoivent de moi l'hospitalité, quoiqu'ils ne paraissent nullement s'en douter, et me témoignent aussi peu d'égards qu'à vous-même, qui n'êtes rien ici. »

L'étonnement empêcha Aliquis de prendre garde à ce que ces dernières paroles avaient de peu flatteur pour lui. Il avait entendu parler de Saint-Germain comme d'une résidence royale, et l'individu qui était devant ses yeux ne ressemblait à aucun des portraits de souverains qu'il avait eu l'honneur de contempler.

« Pardon, fit-il embarrassé, comme on l'est vis-à-vis d'une personne dont on ne connaît ni le nom ni le visage, et qui cependant affiche des prétentions à la célébrité, pardon, vos traits ne me sont pas inconnus; je me rappelle parfaitement les avoir déjà remarqués. Est-ce une médaille, une statue, un portrait, une pièce de monnaie, qui les a représentés à mes yeux, c'est ce que je ne saurais dire au juste, mais si vous vouliez bien aider mes souvenirs en me rappelant votre nom, si vous me disiez qui vous êtes, certainement...

— Certainement que vous me connaîtriez? interrompit encore le grave personnage d'un ton sardonique. Mon nom est Jacques Coytier.

— Ah! je savais bien que je vous connaissais! s'écria vivement Aliquis; ce cher monsieur Coytier, médecin de Louis XI, de terrible mémoire! comme je suis aise de vous rencontrer!

— Chut! fit le docteur, parlez plus bas, les murs ont des oreilles.

— Soyez tranquille; le temps a marché, les pièges et les cages de fer du Plessis-lez-Tours n'existent plus; vous n'avez rien à craindre. Mais comment se fait-il que vous prétendiez être ici chez vous?

— Par la meilleure des raisons, attendu que mon royal maître m'a fait don de cette résidence, pour récompenser mes bons offices, et surtout dans l'espoir que je le préserverais à tout jamais de la mort, qu'il redoutait fort.

— Mais, si je ne me trompe, ce château ne resta pas longtemps entre vos mains ?

— Assurément non, et c'est là ce dont je me plains. Car, moins d'un demi-siècle plus tard, cette donation, faite à ma famille, fut annulée par un arrêt du parlement. Vous voyez donc bien que j'ai raison, en disant que ces gens-là sont chez moi ; ils marchent sur mes planches, ils respirent entre mes murs, ils font retentir mes échos du bruit de leurs voix !...

— Permettez, fit Aliquis, possédé de la manie de controverse de son siècle ; il me semble que vous exagérez ; car ces planches, ces murailles, ne devaient pas exister de votre temps. J'ai ouï dire que la splendeur du château de Saint-Germain ne date guère que du règne de François Ier.

— Eh ! oui, sans doute ; je conviens qu'il a fait ici quelques petites améliorations ; mais si la donation n'avait pas été annulée, qui sait quels changements auraient eu lieu ?

— Vous ne m'avez pas dit, reprit Aliquis, désireux de mettre un terme aux récriminations du docteur, les noms des personnages qui passent sans cesse devant nous.

— Suivez-moi, répondit Jacques Coytier, et non seulement vous saurez leurs noms, mais vous les verrez tous dans l'ordre où ils se sont succédé ici. »

Aliquis suivit son guide, et, sans qu'il eût pu se rendre compte des chemins qu'il avait suivis, la scène changea tout à coup.

La ville et le château de Saint-Germain avaient disparu ; il se trouvait en pleine campagne ; des champs bien cultivés s'étendaient autour de lui ; la contrée était riante et fertile ; à peu de distance s'élevait un vaste et sombre bâtiment, à l'intérieur duquel on entendait les chants religieux de l'office du soir, car la nuit était venue tout à coup.

« Où sommes-nous ? demanda notre héros.

— A Saint-Germain, au XIe siècle. Ce château, comme la plupart de ceux dont la situation est bien choisie, a été bâti sur l'emplacement occupé d'abord par un monastère. Vous le voyez, le bâtiment se modifie peu à peu; le calme et le recueillement font place au tumulte inséparable du voisinage de la cour. C'était déjà un château royal; Louis le Gros l'habite, et plusieurs de ses ordonnances sont datées du château de Saint-Germain. Voyez cet homme, dont l'extérieur un peu commun jure avec les habits somptueux, et qui entre en ce moment au château. Devant lui chacun s'écarte avec respect, quoique l'heure matinale semble devoir lui faire interdire l'accès près du roi. C'est l'abbé Suger, le conseiller de Louis, qui va conférer avec lui au sujet de l'établissement des communes en France.

— Quelle est cette chapelle que l'on élève, et dont la flèche s'élance gracieusement dans les airs? demanda soudain Aliquis à son guide. On va donc y célébrer une fête? car la foule se presse à l'entour, et voilà un cortége brillant qui sort du château et se dirige de ce côté.

— Oui, répondit Jacques Coytier, nous sommes en l'an 1238, et le roi Louis IX va recevoir solennellement dans cette chapelle la couronne d'épines du Sauveur, qu'il a retirée des mains des Vénitiens, en leur payant la somme d'argent qu'ils avaient donnée à Baudouin II, empereur de Constantinople. Il achète aussi ce qui restait aux princes latins de leurs plus précieuses reliques: une grande portion de la vraie croix, la robe de Notre-Seigneur, le fer, la lance, l'éponge et autres instruments de la Passion. On dit que cette portion de la vraie croix est la même qui a été apportée de Jérusalem par sainte Hélène au grand Constantin, son fils. Vous voyez que la chapelle et le château sont maintenant à une assez grande distance l'un de l'autre; plus tard, le château détruit sera reconstruit auprès de la chapelle, à l'endroit où il est de vos jours.

— Grand Dieu! fit Aliquis, en poussant un cri d'effroi; d'où vient-elle cette troupe de gens armés, mal vêtus, à l'aspect farouche, qui pénètre dans le château?

Entendez-vous ces cris horribles? Beaucoup d'entre eux sortent chargés de butin; des femmes, des enfants s'enfuient en poussant des cris de terreur. Au nom du ciel! quels sont ces gens?

— Ce sont les *grandes compagnies*, qui pillent et ravagent tout sur leur passage. Plus d'une fois encore le château de Saint-Germain sera pillé, ravagé, brûlé, avant que le roi Louis XI m'en fasse présent.

— En effet, les flammes sortent par les fenêtres; une épaisse fumée entoure le château et le cache à nos regards. Entendez-vous les plafonds s'effondrer, les murs s'écrouler avec fracas? Venez! fuyons cet horrible spectacle! »

Aliquis voulait entraîner son guide, mais celui-ci le retint en lui montrant que la scène avait encore une fois changé. Des hommes portant le costume du XIVe siècle jetaient les fondements d'un nouveau château.

« Vous voyez, dit Jacques Coytier, que, si l'on en excepte le donjon, le château est peu important. Les successeurs de Charles le Sage le laissent dans un état d'abandon qui explique la facilité avec laquelle le roi Louis XI s'en dessaisit en ma faveur.

— Mais quelle transformation! reprit Aliquis, tout occupé d'observer ce qui se passait sous ses yeux. Sur les fondements jetés par Charles V s'élève un véritable palais, entouré de fossés, orné d'élégantes tourelles, et je remarque une terrasse d'un excellent effet.

— Vous verrez, sous Louis XIV, cette terrasse augmentée de quatre pavillons qui en changeront complètement l'aspect, reprit Jacques Coytier. Mais, pour le moment, nous sommes en plein XVIe siècle, et les salamandres que vous voyez de tous côtés vous disent que ce prince qui, tout en causant avec l'architecte Serlio, surveille lui-même les travaux, et dont la physionomie un peu railleuse prend une expression de franche bonne humeur en voyant le château s'embellir par les soins des artistes qu'il a appelés, n'est autre que François Ier.

— Il me semble, osa hasarder Aliquis, que ces

« petites améliorations » dont vous parliez ont complètement modifié la physionomie du château.

— Vous avez vu tout à l'heure des préparatifs de fêtes, continua Coytier, évitant de répondre ; les noces de François Ier ont été célébrées à Saint-Germain. Des cinq façades qui composent le pourtour du château, qui, vous le voyez, est de construction fort irrégulière, la principale est celle qui se trouve du côté du jardin. S'il vous plaît de visiter le parc, vous pouvez vous donner ce plaisir ; hâtez-vous, car, si j'en crois les allées et venues de tous ces gens qui nous croisent, il vient de se passer quelque événement extraordinaire.

— Et voici le corps d'un seigneur, blessé ou mort, que l'on rapporte. Il est suivi d'une foule nombreuse, qui devise avec animation.

— C'est le corps de la Chataigneraie, tué en duel par Jarnac dans le parc de Saint-Germain. Le roi Henri II, désespéré, vient de jurer que jamais plus il n'autoriserait un pareil combat en champ clos.

— Il se fait encore un grand mouvement au château ; mais cette fois on paraît se réjouir, et des largesses sont faites au peuple.

— Oui, nous sommes au 27 juin 1550 ; et celui qui sera plus tard Charles IX vient de naître.

— Charles IX favorisera-t-il d'une manière spéciale le château de Saint-Germain ?

— Non, mais sous son règne on établira dans la ville une manufacture de glaces à l'instar de celles de Venise.

— Voilà cependant, dit Aliquis, un cortège somptueux qui pénètre dans le château ; n'est-ce pas là une suite digne d'un roi ?

— Sans doute, mais ce n'est plus le roi Charles IX qui est sur le trône. Henri III vient de convoquer une assemblée des notables, dans le but d'arriver à la réforme des abus. Il arrivera seulement aux horreurs de la guerre civile.

— De nouveau j'aperçois des ouvriers travaillant en face du château ; que font-ils ?

— D'après les ordres du roi Henri IV, vis-à-vis de

l'ancien château, ils en construisent un nouveau. Ce château neuf a été commencé par Henri II. La principale cour de ce nouveau bâtiment est carrée, et les faces arrondies. Aux deux côtés sont deux autres cours carrées. L'ordonnance en est rustique, et le rez-de-chaussée en est le principal, presque l'unique étage, si l'on considère le peu d'importance de ce qui s'élève au-dessus.

— Quel est, dit Aliquis, ce seigneur dont le costume de velours noir fait encore ressortir la pâleur de marbre; et qui, à cette fenêtre, étend vers Saint-Denis une main décharnée, tandis que les courtisans qui l'entourent se penchent vers lui comme si le son de sa voix était trop faible pour parvenir à leurs oreilles?

— Ce seigneur, dit gravement Jacques Coytier, n'est autre que le roi Louis XIII ; nous sommes au commencement du mois de mai 1643, et, profitant d'un court intervalle de repos que lui laisse la maladie, il a voulu contempler encore une fois le beau paysage qui s'étend devant les fenêtres du château. Ce sont, en effet, les tours de l'abbaye de Saint-Denis que l'on aperçoit au loin, et qu'il montre aux courtisans, en leur disant d'une voix déjà affaiblie: « Mes amis, voilà ma dernière demeure. » Le 14 de ce même mois, le roi de France rendra le dernier soupir au château de Saint-Germain-en-Laye, trente-trois ans, jour pour jour, après la mort de son père Henri IV.

— Le deuil et la tristesse font encore une fois place aux réjouissances, dit Aliquis; quelle foule de dames et de seigneurs richement parés descendent de ces carrosses pour se rendre à la chapelle du vieux château! les cloches sonnent joyeusement, tout respire un air de fête...

— Je le crois, répondit Jacques Coytier, car c'est aujourd'hui le 21 avril 1643; nous retournons de quelques jours en arrière, comme vous le voyez; et il ne s'agit de rien moins que de baptiser l'héritier, le successeur de Louis XIII, celui qui sera bientôt Louis XIV. Mgr Séguier, évêque de Meaux, attend déjà dans la chapelle les parrain et marraine de l'enfant, le cardinal Mazarin et la princesse de Condé.

— Quel est cet enfant qui descend du carrosse royal et qu'on entoure de tant de respect ?

— C'est le jeune Louis, accompagné du marquis de Villeroi, son gouverneur, né à Saint-Germain, le 5 septembre 1638 ; il est donc dans sa cinquième année.

— Chose étrange ! dit Aliquis, le château neuf semble déjà tomber en ruines, tandis que l'ancien conserve encore un aspect imposant.

— Aussi, répondit Coytier, voyez-vous Louis XIV l'abandonner pour s'installer dans le vieux château, où la cour se trouve fort à l'étroit. Les courtisans et les dames sont plus mal logés que les plus pauvres gens du royaume ; on fait contre fortune bon cœur, on supporte tout avec un héroïsme sans pareil, pour approcher du foyer lumineux dont la cour est le centre. Mais le roi lui-même s'aperçoit de la gêne qu'on éprouve. Il fait venir Mansard, et lui ordonne d'agrandir le château.

— Bon, mais pourquoi en abattre ainsi sans pitié les plus jolies parties ? Pourquoi ces cinq énormes pavillons bâtis aux angles? Pourquoi...

— Dites tout de suite : Pourquoi avoir ainsi gâté et dénaturé l'ensemble harmonieux du château ? Vous pouvez, si vous le voulez, le demander à M. Mansard, que j'aperçois occupé à prendre des mesures sur la terrasse commencée par Henri IV.

— Non certes, fit vivement Aliquis, ce monsieur me paraît avoir de lui-même et de son talent une trop bonne opinion pour supporter la critique d'un inconnu tel que moi. D'ailleurs j'avoue que la terrasse, qui sous sa direction avance rapidement, me paraît digne d'admiration. Si je ne craignais d'être indiscret, j'aurais aimé à la parcourir, on doit jouir là d'une vue magnifique.

— Venez, je vous promets que nul ne fera attention à nous. Cette terrasse s'étend le long des appartements du roi et de la reine, du côté qui regarde le nord. On voit de là les jardins du roi, et à plus de quatre lieues à la ronde. A trois ou quatre pas de l'extrémité de cette terrasse est une porte donnant dans la chambre du roi, et tout à fait à l'extrémité commencent les petits appartements, rangés sur une seconde terrasse qui règne tout le long d'une autre face du vieux château et a vue sur les cours du château neuf.

— La terrasse qui s'étend devant l'appartement du roi me plait, dit Aliquis, et si je n'en exprime pas toute ma satisfaction à Mansard, je vais en dire du moins ma façon de penser à ce monsieur que je vois là-bas, écrivant sur des tablettes, sans doute encore quelques notes concernant des mesures que Mansard l'a chargé de prendre.

— N'en faites rien ! dit Jacques Coytier en retenant son compagnon ; ce personnage n'est point un élève architecte aux ordres de Mansard, mais le Laboureur, littérateur bien connu. Avancez doucement, et vous pourrez, par-dessus ses épaules, lire les vers qu'il adresse à Mlle de Scudéry, justement au sujet de la terrasse qui vous agrée si fort. »

Vous savez bien que ce chemin si clair,
Qu'on voit au ciel pendant la nuit obscure,
Meine au palais du grand dieu Jupiter,
Comme un auteur digne de foy l'assure;
C'est Ovide, et cela suffit.
Mais vous ne savez pas peut-être
Qu'à Saint-Germain, tant le jour que la nuit,
Depuis deux ans on en voit apparaître
Un autre en l'air, qu'a voulu qu'on y fit
Monsieur Colbert, des bâtiments le maître.
Il est si beau, si belle en est la vüe,
Qu'en y passant les yeux sont éblouis.
Et ce chemin meine et sert d'avenüe
Au cabinet de notre grand roi Louis.

Aliquis prit à peine le temps d'achever sa lecture, car Jacques Coytier lui faisait signe de le suivre sur une autre terrasse qui avait été faite devant la contrescarpe du fossé et qui conduisait de la cour des cuisines dans le parc.

« Où me conduisez-vous ? demanda-t-il.

— Au Mail, qui a été fait récemment d'après les

dessins de M. le Nôtre. Je veux aussi que vous visitiez le parterre, orné de trois fontaines, et qui est vraiment digne de votre admiration.

— Mais, si je ne me trompe, dit Aliquis en parcourant avec son guide les allées du parterre, la cour a déjà quitté Saint-Germain; je remarque moins de mouvement, moins de luxe, moins d'équipages que tout à l'heure.

— Oui ; le roi Louis XIV, moins philosophe que Louis XIII, n'a pu supporter le voisinage de Saint-Denis; il a quitté Saint-Germain pour Versailles, et c'est maintenant Mme de la Vallière qui habite le château.

— Est-ce encore un roi qui se promène lentement dans les jardins, et dont le pâle visage trahit la souffrance et l'accablement ?

— Oui; c'est le malheureux Jacques II, roi d'Angleterre, détrôné en 1688, et qui va, ainsi que la reine sa femme, finir tristement ses jours dans cette retraite devenue si calme et si morne, après avoir retenti du bruit joyeux des fêtes et après avoir entendu répéter dans ses murs tous les noms les plus célèbres de la cour de France.

— Et sans doute maintenant le château de Saint-Germain ne retrouvera pas de sitôt son ancienne animation ?

— Pardonnez-moi. Ne voyez-vous pas, dans la grande salle, des comédiens, costumés et grimés, donner représentation au bruit des applaudissements ? Pendant la seconde moitié du XVIIIe siècle, cette salle fut transformée en salle de spectacle, et l'on trouvera plus tard, sous les dalles, des programmes remontant à l'année 1789.

— Vous me quittez? fit Aliquis, voyant que son guide se disposait à s'éloigner.

— Oui, le défilé du cortège touche à sa fin, je n'ai que bien juste le temps de reprendre mon rang; j'entends le bruit des chevaux de l'école de cavalerie qui vient remplacer ici les comédiens, puis les gardes du corps, auxquels le château doit servir de caserne, s'avancent plus loin ; enfin les détenus militaires ferment la marche...

— Eh quoi ! Saint-Germain a-t-il donc servi de pénitencier militaire ? » dit Aliquis.

N'obtenant pas de réponse de Jacques Coytier, qui restait immobile à côté de lui, Aliquis se pencha pour connaître la cause du silence de son guide, mais il se recula vivement en poussant un cri et en portant la main à son front ; car ce qu'il avait pris pour le célèbre médecin de Louis XI n'était autre chose que le mur en pierre qui avançait des deux côtés de la fenêtre, et contre lequel il avait fortement heurté son front.

Se penchant à la fenêtre pour reprendre un peu de calme en respirant l'air du dehors qui commençait à devenir plus frais, il put reconnaître que, par suite des travaux commencés en 1882, le vieux donjon, construit par Charles V et démasqué par la destruction du pavillon de l'Ouest, a déjà repris sa fière et majestueuse physionomie d'autrefois. Plus disposé alors à visiter, avec l'attention et le respect dus aux souvenirs du passé, le château qu'il avait parcouru distraitement, il se dirigea vers l'entrée du donjon de Charles V et pénétra dans les salles qui seront les plus belles du musée gallo-romain établi maintenant au château.

Prenant cette fois pour cicérone, au lieu du médecin de Louis XI, l'excellent ouvrage de M. Gabriel de Mortillet, où se trouvent réunies des explications claires et concises, de nature à être comprises même des visiteurs les moins instruits, Aliquis, doué d'une vive imagination, se reporta bientôt, par la pensée, aux temps préhistoriques ; il suivit, en quelque sorte pas à pas, grâce à la parfaite méthode de classement observée au musée de Saint-Germain, les progrès de notre civilisation depuis les temps les plus reculés jusqu'au règne de la race carlovingienne ; il vit l'industrie se perfectionner peu à peu, les premiers instruments de travail, les simples percuteurs en morceaux de silex servant de marteaux, s'arrondir par l'usage et graduellement devenir de véritables marteaux, auxquels vinrent s'adjoindre, toujours de plus en plus perfectionnés, d'autres instruments, des haches, des couteaux en silex, des pointes de flèches et de lances, etc. Aliquis, homme doux et d'habitudes paisibles, ne put s'empêcher de remarquer, avec un sentiment de regret, qu'à toutes les époques les instruments de guerre étaient les plus perfectionnés.

Après avoir lentement parcouru tout le premier étage, il pénétra dans la grande salle des fêtes, qui n'est pas encore restaurée, et qui contient, pour le moment, les moulages de l'arc de triomphe d'Orange. Peu s'en fallut, en admirant les proportions gigantesques de cette salle, qui occupe toute la largeur du château, du côté du pont-levis, et en remarquant au-dessus de la colossale cheminée la salamandre de François Ier, que notre héros se crût convié à l'une des fêtes brillantes du XVIe siècle, où la cour de France réunissait les personnages les plus illustres par leur talent et leur science.

Pourtant, se rappelant à temps qu'il serait bientôt l'heure de prendre le train pour revenir à Paris, Aliquis, sortant de la salle des fêtes, descendit d'abord quelques marches, puis, montant au second étage par un étroit escalier tournant, qui, du temps de Louis XIV, conduisait aux appartements des filles d'honneur, entra dans la salle du Trésor, qui occupe le haut de la tour de Charles V.

Peu sérieux de sa nature, quoique observateur (peut-être sans s'en douter, et comme M. Jourdain faisait de la prose), Aliquis n'accorda qu'une médiocre attention aux bracelets d'or massif, en lingots, qui servaient en même temps pour la parure et pour les échanges. Une coupe en argent ornée de branches de myrte, d'un travail délicieux, un grand cadre renfermant des *ex-voto* d'argent sous forme de feuilles de palmiers, et les moulages de vases en argent remarquablement beaux, et considérés comme faisant partie du trésor de Varus, le laissèrent complètement froid.

Mais, en revanche, il passa longtemps à examiner les boîtes à fard des dames gallo-romaines, les jouets d'enfants en bronze et en terre cuite, et surtout... les caricatures !... Oui vraiment. Notre héros, qui trouve un singulier plaisir à contempler les portraits des célébrités du jour, qui pour grandir leur réputation essayent de faire rire le « bon public » à leurs dépens en livrant leur caricature à ses plaisanteries, éprouva une joie sincère à retrouver dans de grotesques images en terre cuite le penchant à la raillerie de « l'esprit gaulois ».

En véritable enfant de Paris, il considéra aussi avec le plus vif intérêt un billet de spectacle, — un mascaron en terre cuite, — sur lequel est représentée une tête qui rit, correspondant à une figure semblable, placée au dessus de l'entrée des arènes, du côté par lequel le spectateur devait pénétrer dans le cirque, pour arriver à la place désignée par le numéro XIII, inscrit en chiffres romains au-dessus du mascaron.

Après avoir jeté un coup d'œil trop rapide sur la collection numismatique, et parcouru les salles consacrées à l'ethnographie, à l'époque du bronze, à la première époque du fer, Aliquis se décida, non sans regret, à quitter le musée de Saint-Germain, qui, fondé depuis bien peu d'années, et resserré dans un petit nombre de salles (la plupart de celles qui lui sont réservées n'étant pas encore restaurées), offre déjà au chercheur désireux de s'instruire, au savant curieux d'observer, des documents précieux, un nombre considérable de richesses archéologiques, qu'on n'a pu réunir et classer en aussi peu de temps que par des prodiges d'activité, d'érudition, de méthode, et de vrai dévouement à la cause de la science.

Tout occupé de ce qu'il avait vu, Aliquis, dont la faiblesse est de faire le beau parleur, ne fut pas plus tôt en wagon, qu'il entama la conversation avec un monsieur assis en face de lui ; et, au grand amusement de ses compagnons de voyage, donna un libre cours à son enthousiasme.

« Oui, Monsieur, s'écriait-il en gesticulant pour donner plus de force à ses paroles, ce musée sera une des gloires de notre époque ! Il se développera et vulgarisera les études historiques, en remplaçant, pour ainsi dire, la théorie par la pratique, ou plutôt en faisant voir ce dont les meilleurs auteurs ne peuvent que parler. Or chacun sait que l'esprit conserve mieux la mémoire de ce que l'œil a vu que de ce que l'oreille a entendu. »

Une vieille dame, assise auprès du monsieur à qui s'adressait Aliquis, prit la parole :

« Pardon, fit-elle ; mais je m'étonne que, dans ce musée que vous prétendez si complet, et qui doit aller jusqu'à l'époque des rois carlovingiens, il ne se trouve aucun objet rappelant l'origine du christianisme dans les Gaules ? »

A ceci, Aliquis, un peu déconcerté, ne trouva rien à répondre, et sentit déjà diminuer son enthousiasme.

« A mon tour ! dit alors le personnage placé vis-à-vis de lui. Je connais fort le musée dont parle Monsieur, et c'est un vrai plaisir pour moi quand mes occupations me permettent d'aller y passer quelques heures. Ne croyez pas que dans une œuvre aussi utile, aussi digne de sympathie que la fondation du musée de Saint-Germain, l'idée religieuse puisse être mise de côté. Elle y sera, au contraire, dignement représentée ; l'élégante chapelle bâtie par Louis IX avant la Sainte-Chapelle de Paris, et complètement restaurée, sera consacrée aux objets représentant l'origine du Christianisme dans les Gaules.

— Ah ! combien je vous remercie d'être venu en aide à mon ignorance ! s'écria l'enthousiaste Aliquis, serrant avec effusion les mains de son interlocuteur. Je veux retourner prochainement à Saint-Germain pour mieux étudier tout ce qu'aujourd'hui j'ai vu avec trop de précipitation. Bien certainement ceux dont l'infatigable persévérance a déjà obtenu des résultats inespérés verront leurs efforts justement récompensés par le développement et la richesse croissante du musée qu'ils ont fondé.

— Je l'espère comme vous, dit le monsieur, et j'ajouterai que la plupart des visiteurs du nouveau musée en emportent une impression qui, si elle n'est pas toujours exprimée aussi hautement que la vôtre, n'en est pas moins favorable à l'œuvre dont l'honneur appartient en grande partie à l'active et habile administration de M. Alexandre Bertrand, conservateur du musée de

Saint-Germain. Mais nous voici arrivés, recevez mes adieux.

— Déjà ! s'écria notre héros, à qui le trajet paraissait n'avoir duré qu'un instant, et qui avait voyagé pendant une heure sans s'en apercevoir.

— Déjà ? grommela un monsieur assis à l'autre coin du wagon, et qui avait tenu son mouchoir sur son visage pendant tout le temps. Je souffre d'un atroce mal de dents, j'ai hâte de rentrer chez moi, et ce maudit voyage me semblait ne devoir jamais finir. »

Le monsieur s'éloigna de fort mauvaise humeur, tandis qu'Aliquis prenait gaiement le chemin de son logis, en philosophant avec lui-même à propos de ce phénomène curieux qui nous fait voir les mêmes choses d'un œil tout différent, suivant la disposition de notre esprit.

LE RETOUR AU PAYS

Avec leurs grands sommets, leurs glaces éternelles,
Par un soleil d'été que les Alpes sont belles !

Depuis bientôt trois ans que François, alors âgé de dix ans, avait quitté la Savoie pour venir chercher fortune à Paris, son rêve de tous les jours avait été de revoir le pays, de porter aux vieux parents le petit trésor amassé sou à sou, à force d'économie et de privations ; de leur dire, lui aussi :

Nous sommes riches pour longtemps !

C'était un bon garçon que François, un excellent cœur, une nature franche, honnête et courageuse. Il était déjà l'aîné de cinq enfants, et quand la famille s'était augmentée d'un dernier-né, le petit Jean, François avait résolument déclaré qu'il ne voulait pas rester à la maison, comme un fainéant, une bouche inutile.

La mère avait pleuré ; le père, en poussant un gros soupir, avait reconnu que l'idée de François était bonne ; et lorsque les enfants du pays s'étaient, comme ils le faisaient chaque année, mis en route pour Paris, le brave garçon les avait accompagnés.

Le moment du départ avait été dur, il faut en convenir. Les trois petits frères, de huit, six et quatre ans, s'accrochaient au cou du voyageur et ne voulaient pas lui permettre de s'éloigner. La grosse Jeanne, sa préférée, qui avait seulement deux ans, poussait des cris à fendre l'âme, et, tout en fourrant ses deux poings dans la bouche, trouvait moyen, — étrange phénomène causé sans doute par l'amour fraternel, — d'appeler François de toute la force de ses poumons. Quant au petit Jean, cause innocente de cette douleur, il dormait paisiblement dans un coin de la chaumière, et sa grosse petite figure rougeaude avait un aspect de santé tout à fait réjouissant.

Combien de fois, en errant par le froid ou la pluie dans les rues de Paris, le pauvre François revit par la pensée toute cette scène navrante du jour de son départ ! Avec quelle impatience il attendait le moment où son trésor serait assez considérable pour mettre fin à l'exil qu'il s'était volontairement imposé !

Enfin un jour, en comptant l'argent amassé, le brave garçon décida que la somme était suffisante, et que les petits sous, convertis d'abord en pièces blanches, puis en pièces d'or, devaient être portés aux parents.

Ce fut un beau jour que celui-là ! François eut un instant l'idée de le célébrer en se régalant d'un bon dîner, chose qui ne lui était jamais arrivée depuis son départ du pays.

Mais presque aussitôt il fit cette réflexion, que la somme destinée à payer le régal pouvait grossir d'autant ses économies; et il se contenta de son frugal repas habituel, qui lui parut cependant ce jour-là meilleur qu'à l'ordinaire, assaisonné qu'il était par le joyeux espoir de revoir bientôt le pays, les parents, les amis tant regrettés.

Il était devenu avare, ce pauvre François. On apprécie d'autant mieux la valeur d'une chose, qu'on a eu plus de mal à se la procurer, et notre héros savait combien d'efforts il lui en avait coûté pour amasser la somme, énorme à ses yeux, qu'il allait porter à ses parents.

L'enfant de la Savoie avait fait un peu tous les métiers, — tous les métiers honnêtes, s'entend. — D'abord petit ramoneur, il avait ensuite montré aux badauds parisiens une marmotte en vie, dont un camarade qui retournait au pays lui avait fait cadeau. Puis il était entré au service d'un commissionnaire qui ne pouvait pas suffire à sa besogne, et, dans les instants dont son maître le laissait libre de disposer, il avait encore trouvé moyen de gagner quelques sous en jouant de la cornemuse.

C'était donc à force de persévérance et d'activité que François était devenu un petit capitaliste, et la répugnance qu'il éprouvait à dépenser inutilement l'argent si difficilement gagné était toute naturelle.

Mais, quand on a le cœur joyeux, on se régale avec un morceau de pain et un verre d'eau beaucoup mieux qu'on ne saurait le faire avec un repas succulent, lorsqu'on est assiégé par les chagrins, les inquiétudes ou les remords. François dîna comme un grand seigneur, mieux peut-être que beaucoup de grands seigneurs, et le lendemain du jour mémorable où il avait pris la résolution de partir, il se mit, dès l'aube, en route pour la Savoie.

En route pour la Savoie ! Ces mots lui semblaient posséder un pouvoir magique ! Il les répétait tout bas, puis il riait et montrait ses dents blanches aux passants, qui, ne pouvant eux-mêmes s'empêcher de sourire à l'aspect de ce gentil visage rayonnant de bonheur, disaient : « Voilà un Savoyard qui n'a pas l'air d'engendrer la mélancolie. »

En route pour la Savoie ! Oh ! cette fois, je vous l'affirme, le triste souvenir du jour de son départ était complètement effacé de l'esprit de François. Il se représentait d'avance la douce surprise que son arrivée allait causer à toute la famille. Les parents auraient un peu vieilli, sans doute, il fallait bien s'y attendre ; il trouverait sur leurs bons et chers visages quelques rides de plus ; mais qu'importent les rides, du moment où la santé reste bonne ? Et les petits ! comme ils avaient dû grandir ! Et Jeanne, la favorite ? A cinq ans, ce devait être déjà presque comme une petite femme, qui aidait certainement la mère dans les soins du ménage.

Il n'était pas jusqu'à Jean, le dernier petit frère, qui ne trouvât sa place dans les riantes pensées du voyageur,

Lui aussi avait grandi, et on lui avait, à coup sûr, appris à aimer, à bénir son grand frère, parti pour lui faire la place plus large au foyer. François connaissait bien le cœur de sa mère. La brave et digne femme savait faire à chacun de ses enfants une part égale dans ses affections, et sa conscience se serait révoltée si elle n'avait pas rendu justice au dévouement de son fils aîné, qui s'était vaillamment sacrifié pour venir en aide à la famille.

Toujours fidèle à ses habitudes d'économie, le Savoyard, qui faisait, bien entendu, la route à pied, avait résolu de subvenir aux frais du voyage en jouant de la musette, afin de conserver son trésor intact, et même de le grossir encore quelque peu s'il était possible.

Jamais François n'avait joué avec plus d'entrain. Dès qu'il traversait un village en faisant entendre son instrument, tous les marmots lui faisaient cortège en sautant et en dansant, et les ménagères, enchantées du plaisir que le musicien avait procuré à leurs petits, ne manquaient guère, en récompense, d'offrir à celui-ci un gîte pour la nuit et un bon souper.

Donc, au commencement, tout alla le mieux du monde; mais, — pourquoi faut-il, hélas! que ce mot malencontreux, « mais », vienne se placer dans tous les récits, comme pour bien constater qu'il n'y a point ici-bas de bonheur complet, pas plus qu'il n'y existe de perfection absolue? — mais dans son impatience d'arriver au terme du voyage, le Savoyard avait trop présumé de ses forces; il avait fait des étapes trop longues, et quand il approcha enfin de la Savoie, le pauvre François, épuisé de fatigue, n'avançait plus que bien lentement.

Il avançait toujours, néanmoins, en dépit de ses pauvres pieds endoloris. L'air natal le ranimait. Il se disait que bientôt il verrait la chaumière paternelle. Stimulé par cette pensée, il luttait courageusement contre la souffrance; il marchait toujours, soutenu par sa force de volonté et peut-être aussi par une fièvre assez violente, provenant de l'excès de fatigue qu'il s'était imposé.

S'il est exact de dire que le moral a une grande influence sur le physique, il n'est pas moins vrai que le physique, à son tour, influe souvent sur le moral. L'homme malade et fatigué n'a point les idées aussi riantes que l'homme frais et dispos, jouissant pleinement de ses forces et de sa santé.

Les idées de François, si joyeuses au départ, s'étaient singulièrement assombries à mesure qu'en approchant du terme de son voyage il avait senti ses forces diminuer. La radieuse vision qui lui montrait sous des couleurs si brillantes son retour au milieu des siens, avait fait place à de cruelles inquiétudes. Combien d'événements pouvaient être arrivés pendant son absence! Il y avait trois longues années que François avait quitté le pays, et dans ce laps de temps il n'avait reçu que deux fois des nouvelles de sa famille. Encore le dernier message avait-il été apporté verbalement, — il y avait de cela plus d'une année, — par un *pays* installé depuis trois mois à Paris et ayant commencé par oublier la commission.

Des craintes qui ne s'étaient jusqu'alors jamais présentées à l'esprit du jeune Savoyard le tourmentaient maintenant sans relâche. Il se demandait s'il allait trouver la famille au complet, s'il ne verrait pas, en entrant dans la chaumière, le grand lit entouré de rideaux d'indienne occupé par quelqu'un des êtres qui lui étaient chers... La fièvre aidant, il se représentait des tableaux sinistres qui le faisaient frissonner et lui causaient une angoisse mortelle.

Alors il s'efforçait de doubler le pas pour mettre un terme à ces inquiétudes croissantes. Encore quelques heures et il arriverait. Il ne lui restait plus qu'à traverser une forêt dans laquelle, étant enfant, il était venu souvent ramasser du bois mort. Il la connaissait bien, cette forêt, il n'avait point peur de s'y égarer, oh! non, certes; combien de fois il y avait joué à cache-cache avec ses petits frères!

Mais elle lui semblait maintenant bien plus sombre que jadis. Il est vrai que le jour baissait. N'importe! il était décidé à ne plus prendre un moment de repos avant d'avoir embrassé le père et la mère, et tous les mioches. D'ailleurs, dormir, il ne l'aurait pas pu, sans doute; il était trop inquiet. Pourtant il y avait là, à gauche, près du sentier qu'il suivait, une herbe épaisse qui lui avait souvent servi de lit quand il était enfant; il y avait même, il s'en souvenait bien, de grosses pierres qui pouvaient parfaitement tenir lieu d'oreiller à un dormeur résolu... Mais non, il ne s'agissait pas de dormir, il fallait arriver, arriver le plus tôt possible.

Ses pauvres pieds, ensanglantés par la marche, se dirigeaient obstinément vers le lit d'herbe épaisse, à la gauche du sentier... Mais François ne voulait pas, et il reprenait courageusement la route de la maison paternelle, quoique la nuit fût tout à fait noire, si noire qu'il ne distinguait plus absolument rien..., rien qu'une petite lumière à la limite de la forêt.

Or cette lumière, il le savait bien, elle brillait aux vitres de sa chaumière.

Mais pourquoi de la lumière si tard? On avait donc changé toutes les habitudes d'autrefois? Jadis, il s'en souvenait, on se couchait dès qu'il faisait nuit, pour être sur pied à l'aube du jour. Encore une fois, pourquoi cette lumière?

Il avançait, il approchait toujours; il ne sentait plus ni douleur ni fatigue; il lui semblait que des mains invisibles le portaient vers cette lumière qu'il voyait maintenant distinctement, et dont il remarquait avec effroi l'éclat, plus grand que celui des chandelles de résine dont on se servait quand, par hasard, on avait recours à un système d'éclairage quelconque.

Enfin il est devant la chaumière; un murmure de voix s'échappe de l'intérieur; il lui semble entendre des sanglots... N'y tenant plus, il pousse la porte d'une main tremblante...

Il voit plusieurs personnes agenouillées : des femmes, des enfants dont les traits lui sont inconnus. Puis, sur le lit, une forme humaine, recouverte d'un drap, et dans la chambre des cierges allumés...

Nul ne paraît remarquer la présence du voyageur; et lui, il n'ose interroger ces gens qu'il ne connaît pas. Il reste un instant indécis, et finit par s'agenouiller à son tour en murmurant à voix basse :

« Mon Dieu ! qui donc est là ? »

A ces mots plusieurs des assistants se tournent vers lui ; puis une voix d'enfant s'écrie :

« Mais c'est lui ! je t'assure que c'est le grand frère François ! »

Chose étrange ! au milieu de cette scène de tristesse et de deuil, cette petite voix claire s'élève avec un accent joyeux, et nul n'en paraît scandalisé.

François cherche en vain autour de lui la personne qui a parlé ; il entend seulement une autre voix d'enfant répondre dans ce jargon presque inintelligible, et pourtant si délicieux aux oreilles d'une mère, des petits êtres qui commencent à parler :

« Ye sais pas, y'ai jamais vu grand François ; sais-tu, Jeanne ? faut tirer son bras pour l'éveiller. »

. . . .

A cette proposition, à peu près nettement articulée, François ouvrit brusquement les yeux.

Cette fois il crut rêver en se trouvant en pleine forêt, couché sur le lit d'herbe épaisse, la tête appuyée contre les grosses pierres, et en voyant, aux premiers rayons du soleil qui commençait à paraître, deux robustes enfants, une fillette de cinq ans tenant dans son tablier une brassée de bois mort qu'elle venait de ramasser, et un mioche de trois ans ou à peu près, qui le regardait en ouvrant démesurément la bouche, signe non équivoque d'une stupéfaction arrivée au plus haut degré.

« Tu l'es, le grand frère François, n'est-ce pas ? dit la petite quand elle s'aperçut que le voyageur avait les yeux ouverts.

— Oui, oui, répondit celui-ci encore sous l'impression de l'horrible cauchemar qu'il venait de subir. Et toi, tu es la petite sœur Jeanne, n'est-ce pas ? et ce garçon-là, c'est Jean ? Mais le père et la mère, et les autres petits, où sont-ils ?

— Tous à la maison ! fit Jeanne avec la gravité d'une personne interrogée sur des sujets importants. Mais viens,

viens vite! Il faut aller dire que nous t'avons trouvé dans la forêt! »

Les deux petits, le prenant chacun par une main, l'entraînèrent en courant de toute leur force.

Et, pour le coup, le pauvre voyageur oublia toute fatigue. D'abord il avait dormi longtemps, et puis la joie n'est-elle pas le plus grand guérisseur qui existe?

Bientôt on arriva à la chaumière, et le Savoyard, qui conservait encore un reste d'inquiétude, put se convaincre par lui-même que, cette fois du moins, la réalité valait mieux que le rêve.

Il arrive si souvent qu'après un beau rêve la réalité nous apporte une cruelle déception, que le fait mérite d'être signalé.

Bientôt, la nouvelle du retour de François étant connue dans tout le hameau, ce fut à qui viendrait le voir, l'embrasser, lui dire qu'il avait grandi.

Quant à lui, courant de l'un à l'autre, parlant raison aux trois plus grands frères, jouant avec les deux petits, Jeanne et Jean, et revenant toujours aux parents, émerveillés du gain fabuleux, disait-on, qu'il avait amassé pendant ses trois ans d'exil, il ne pouvait encore chasser de sa mémoire le rêve qui l'avait tant fait souffrir. Il pensait que ce rêve pouvait être une affreuse réalité, et il répétait au fond du cœur :

« Mon Dieu! que votre nom soit béni! »

DEUX FRÈRES

Ils étaient deux.

Deux petits garçons; deux beaux enfants de six et de huit ans.

L'aîné avait de grands yeux noirs d'une douceur inouïe; sa bouche était sérieuse, sa physionomie triste et pensive. En le voyant, on comprenait que cet enfant de huit ans, si frêle, si pâle, était homme par le malheur.

L'autre enfant ne lui ressemblait nullement. C'était un petit blondin aux yeux bleus, au regard timide; il considérait son frère comme son protecteur, il se croyait fort et à l'abri de tout danger tant que cette petite main débile serrait la sienne.

Tous deux étaient dans un misérable grenier, qui ne méritait pas même le nom de mansarde et dans lequel le froid pénétrait de tous côtés.

Et il faisait bien *froid* pour les deux pauvres petits malheureux, car on était au mois de décembre, et leurs misérables vêtements tombaient en lambeaux, et leurs pieds nus étaient rougis et bleuis par le vent glacial qui pénétrait dans le grenier.

« Louis, dit le plus jeune d'un ton plaintif, crois-tu qu'il sera assez méchant pour nous obliger à partir?

— Je ne sais pas, répondit Louis; il demande de

l'argent pour nous permettre de rester ici, et je n'ai pas d'argent. Il voulait déjà nous renvoyer pendant que papa était malade; il a été bien bon de ne pas le faire, au moins notre pauvre papa n'est pas mort dans la rue. »

Il y avait quinze jours que les deux orphelins avaient perdu leur père, leur dernier appui ; et depuis ce temps le propriétaire du triste réduit qu'ils occupaient leur avait fait signifier plusieurs fois qu'ils eussent à le quitter ou à lui payer ce qu'ils lui devaient. A force de prières ils avaient obtenu quelques jours de répit, mais la portière venait de monter leur dire que, s'ils ne partaient pas au plus vite, elle les ferait mettre à la porte par son mari.

Or le mari était une espèce de colosse, dur et brutal, qui inspirait une profonde terreur aux deux enfants.

« Louis, reprit encore le plus petit, nous ferions mieux de nous en aller; j'ai peur. Dis, frère, veux-tu? allons-nous-en.

— Que tu es enfant, Charles, répond l'aîné; où irons-nous? Il fait bien froid ici, mais dehors c'est encore pis. Attends jusqu'à midi, peut-être viendra-t-il un rayon de soleil, alors il fera moins froid, nous pourrons aller chez cette belle dame qui m'a donné hier son adresse en me disant qu'elle ferait mon portrait, et qu'elle nous donnerait à tous les deux à manger et des habits chauds.

— Allons-y tout de suite, j'ai grand'faim, murmura Charles d'un ton dolent.

— Petit gourmand, reprit Louis en essayant de sourire, tandis qu'une larme coulait sur sa joue pâle; tu as mangé presque tout le pain que nous avons acheté hier avec les deux sous que m'a donnés le domestique de cette dame. »

Puis, après avoir réfléchi un instant, et comme s'il eût pris un grand parti, il se leva en disant à son frère :

« Viens; il ne faut pas attendre l'arrivée de ce vilain portier. »

Tous deux descendirent en se donnant la main.

Quand ils franchirent le seuil de la porte, la concierge

leur cria d'avoir soin de ne pas revenir, car on ne leur permettrait pas d'entrer dans la maison.

Et les pauvres petits se trouvèrent sans asile, dans les rues de Paris, par cette froide matinée de décembre.

Ils marchaient vite pour se réchauffer, et aussi parce que Louis craignait que leurs vêtements en lambeaux ne les fissent prendre pour des vagabonds, et emmener par des agents de police.

C'était ce qui aurait pu leur arriver de plus heureux, car ils auraient ainsi trouvé asile et protection; mais Louis, dans son orgueil enfantin, croyait qu'il serait déshonoré à tout jamais s'il était une fois emmené par un sergent de ville; il s'imaginait qu'on le prendrait alors pour un voleur, et il aurait mieux aimé supporter les souffrances les plus horribles que d'être pris pour un voleur.

Ils longèrent les quais et arrivèrent enfin devant un bel hôtel situé sur la rive gauche de la Seine, non loin du Pont-Neuf.

Louis demanda la baronne D..., qui lui avait donné son nom la veille, et le concierge lui dit de s'adresser aux domestiques qui étaient dans l'antichambre.

Mais les domestiques haussèrent les épaules et répondirent à l'enfant que leur maîtresse dormait encore.

« Je te reconnais bien, dit l'un d'eux, qui accompagnait la veille la voiture de la baronne; mais tu es venu trop tôt, mon petit. Madame ne s'éveille jamais avant midi.

— Alors nous reviendrons à midi, » répondit Louis avec résignation.

Ils reprirent leur marche. Charles pleurait en disant qu'il avait faim, et son frère essayait de le distraire en lui parlant des beaux habits et du bon dîner que la dame ne manquerait certainement pas de leur donner, car elle le leur avait promis, et cette dame si jolie, qui avait une si belle robe de velours, et dont l'air était si doux, ne pouvait pas avoir voulu les tromper.

A midi, les orphelins se présentèrent de nouveau à la porte du bel hôtel. Mais cette fois on leur répondit que

Madame était en train de déjeuner, et nul, parmi les domestiques rassemblés dans l'antichambre, ne consentit à l'aller déranger.

« Revenez à deux heures, dit aux deux enfants celui qui les avait vus la veille ; Madame aura fini de déjeuner, et peut-être consentira-t-elle à vous voir.

— Pourquoi ne nous donne-t-elle pas aussi à déjeuner ? sanglotait Charles en s'éloignant entraîné par son frère ; j'ai grand'faim, Louis ; j'ai grand froid, je ne peux plus marcher. »

Le pauvre petit s'assit en grelottant sur un des bancs du Pont-Neuf, et déclara qu'il lui était impossible d'aller plus loin.

Son frère, debout devant lui, paraissait souffrir encore davantage ; il n'était d'ailleurs couvert que d'une mauvaise veste toute déchirée, tandis que Charles portait une blouse de laine encore en assez bon état. Cependant Louis ne se plaignait pas, il regardait autour de lui comme s'il eût cherché quelque moyen de venir en aide à son petit frère ; quant à ses propres souffrances, il ne semblait nullement s'en inquiéter.

Un agent de police qui passait les regardait avec compassion.

« Lève-toi, Charles, lève-toi bien vite, fit Louis tout effrayé ; marchons, car si l'on nous voit ainsi arrêtés, on nous mettra en prison. »

La terreur ranima le courage de l'enfant, qui se leva et se mit à courir à la suite de son frère, tout le long de la rue Dauphine. La course les réchauffa un peu, et un rayon d'un pâle soleil de décembre vint les ranimer. Charles, comme tous les enfants, était facilement influencé par les objets extérieurs ; la vue du soleil lui rendit sa gaieté, et il se mit à babiller sans remarquer que son frère tremblait de fièvre autant que de froid, que ses dents claquaient les unes contre les autres, et que des taches d'un rouge vif paraissaient sur ses joues si pâles.

« Viens jusqu'au Luxembourg, disait Charles ; viens, nous jouerons au soleil, cela nous réchauffera tout à fait. »

Ils allèrent au Luxembourg, mais Louis se traînait

péniblement et pouvait à peine répondre aux questions que lui adressait son frère, qui le croyait de mauvaise humeur ou fâché contre lui.

« Oh ! mon Dieu ! pensait le pauvre enfant, est-ce que je vais mourir aussi comme papa ? Que deviendra mon petit frère, si je meurs ? »

Deux heures sonnèrent.

Ils se rendirent, aussi vite que leurs forces le permirent, à l'hôtel de la baronne, mais elle venait de sortir.

« Madame ne rentrera pas avant l'heure du dîner, leur dit-on ; il ne faut donc venir que lorsqu'elle sera sortie de table, c'est-à-dire vers huit heures du soir. »

Les deux enfants se regardèrent avec désespoir.

« Huit heures du soir ! fit Louis machinalement. Oh ! Monsieur, ajouta-t-il d'un ton suppliant en joignant les mains, permettez du moins à mon petit frère de se réchauffer un instant près du poêle ; il fait si bon ici !

— Ma foi ! répondit le valet avec insouciance, je n'y vois pas grand inconvénient ; les maîtres sont sortis, toutes les portes sont fermées, vous pouvez rester là pendant le temps que j'irai m'habiller ; mais je vous préviens que cela ne durera guère plus d'un quart d'heure. »

Quoi qu'il en eût dit, il fut plus d'une heure absent, et les orphelins, bientôt réchauffés par l'atmosphère de l'antichambre, s'endormirent sur une banquette appuyés l'un contre l'autre.

« Allons, allons, fit le domestique en revenant ; vous devez être réchauffés maintenant, allez courir un peu pour vous dégourdir les jambes ; quant à moi, il faut que je ferme la porte. »

Charles tirait la main de son frère en lui disant tout bas :

« Il n'a pas l'air méchant ; si tu lui demandais un peu de pain ? »

Mais l'orgueil de Louis se réveillait à l'idée de mendier. Il aurait volontiers accepté des secours de la dame qui lui avait parlé la veille, parce qu'elle avait dit qu'elle avait besoin de lui pour mettre son portrait dans un tableau qu'elle était en train de peindre, mais il ne pouvait se décider à demander l'aumône au domestique de cette dame.

Et cependant, lorsqu'ils furent dehors, exposés de nouveau à ce vent froid devenu plus piquant depuis que le soleil avait disparu, lorsqu'il entendit son jeune frère répéter encore en pleurant qu'il avait faim, il regretta de n'avoir rien demandé, et, serrant l'enfant dans ses bras, il s'écria :

« Oh ! je suis méchant, mon petit Charles, je te laisse manquer de pain ; pardonne-moi, je vais demander l'aumône pour toi. »

En effet, il s'approcha timidement de la première personne qui passa sur le quai ; cette personne était une femme, simplement mais convenablement mise, et qui, en l'entendant formuler d'une voix basse et tremblante son humble prière, se retourna vivement de son côté et lui dit avec l'accent d'un regret profond :

« Mon pauvre enfant, je n'ai plus rien dans ma bourse ; je viens de donner ce qui me restait à une mendiante que j'ai rencontrée là-bas. »

Et la femme s'éloigna.

Mais elle ne s'était pas fâchée, et la manière dont il avait été accueilli par elle rendit un peu de courage à Louis, qui espéra qu'une seconde fois il serait plus heureux. Cette seconde fois, ce fut à un homme élégant qu'il s'adressa. Le nouveau venu, les mains dans les poches d'un paletot fourré, marchait rapidement tout en fredonnant d'un air joyeux le refrain d'une romance à la mode.

« Il est de bonne humeur, pensa l'enfant, il ne me repoussera pas. »

Et, s'approchant, il renouvela sa demande.

« Qu'est-ce à dire ? s'écria l'inconnu, dont l'expression changea soudain ; tu demandes l'aumône, je crois, petit drôle, au lieu d'aller travailler ! Que je t'y prenne encore, et je te fais mettre en prison par un sergent de ville ! »

Si l'on songe à la terreur qu'avait Louis de la prison et des sergents de ville, on comprendra que la foudre, tombant à ses pieds, l'aurait à peine effrayé davantage.

« Pardon, Monsieur ! balbutia-t-il, pardon, je ne le ferai plus jamais; ne me faites pas mettre en prison ! C'était pour mon petit frère qui a grand'faim, mais je ne le ferai plus, Monsieur, je vous promets que je ne le ferai plus.

— Oui, oui, je sais bien ! grommela le passant en continuant son chemin; ils meurent tous de faim, c'est toujours la même chanson ! Mais ne t'avise pas de recommencer ! »

Ce fut là tout ce qu'obtint Louis comme résultat de la tentative qui avait coûté un si pénible effort à son orgueil.

On était aux jours les plus courts de l'année, et déjà la nuit était presque arrivée; le vent devenait de plus en plus froid, et quelques flocons de neige commençaient à tomber.

Mourant de faim, de froid et de fatigue, les pauvres enfants étaient de plus tourmentés par la crainte d'être arrêtés, car les paroles du passant auquel Louis s'était adressé avaient renouvelé toutes leurs terreurs. Charles continuait à se plaindre de la faim qui, disait-il, lui faisait avoir encore plus froid. Quant à Louis, il n'avait pas grand'faim, ou du moins il ne s'en apercevait pas; il ne ressentait rien qu'une extrême faiblesse, et malgré le froid intense qu'il faisait ce jour-là, malgré les frissons qui par moments parcouraient tout son corps, ses mains et ses joues étaient brûlantes. Il ressentait d'horribles douleurs à la tête, des images étranges s'agitaient devant ses yeux et l'empêchaient de se rendre bien compte de ce qui se passait autour de lui, et de ses lèvres tremblantes s'échappait encore cette prière :

« Mon Dieu, faites que je ne meure pas comme mon pauvre papa est mort, et que je ne laisse pas mon petit frère Charles tout seul sur la terre ! »

Cependant, au milieu des hallucinations de la fièvre, une seule idée se dessinait précise et nette dans son esprit troublé, l'idée qu'il devait être à huit heures chez la belle dame qui avait promis de lui venir en aide.

Dès sept heures et demie, il était avec son frère devant la porte de l'hôtel, attendant huit heures pour oser entrer.

« Madame vient de finir de dîner, leur dit le domestique, qui paraissait les avoir, en quelque sorte, pris sous sa protection ; attendez un peu, mes enfants, je vais dire à la femme de chambre que vous êtes là. »

Les pauvres petits ne demandaient pas mieux que d'attendre; ils auraient été bien heureux si on avait seulement voulu leur permettre de passer la nuit dans cette antichambre bien chauffée, étendus sur ces banquettes rembourrées, si différentes du grabat qu'ils occupaient dans le grenier d'où on les avait chassés.

Une discussion à leur sujet s'engagea entre le domestique et la femme de chambre. Cette dernière, craignant de causer un retard à sa maîtresse, qui était sur le point de commencer sa toilette pour aller au bal, ne voulait pas lui parler des enfants, tandis que le domestique insistait, au contraire, pour qu'on la prévînt qu'ils étaient venus plusieurs fois dans la journée.

« Il y en a un, disait-il, qui a une charmante figure. Madame a dit hier que c'est juste le type qui lui convient pour l'enfant inspiré de son grand tableau. Elle ne sera pas contente si on ne la prévient pas qu'il est venu. Et puis je crois que ce sera en même temps une bonne action, car les pauvres petits n'ont pas l'air heureux; il s'en faut de tout.

— Oui, grommela la femme de chambre, Madame s'enthousiasme comme cela pour les premiers mendiants venus, du moment qu'ils ont une tête à caractère, comme elle dit. Elle se prend de pitié pour eux, croit à tous les contes qu'il leur plaît de lui raconter, et les comble de bienfaits, tandis qu'elle ne s'inquiète guère des personnes qui l'entourent et qui se dévouent à son service.

— Fi! mademoiselle Ernestine, reprit le domestique; c'est mal de vous plaindre de Madame, qui est si bonne pour vous; et quand elle ferait quelque chose pour deux malheureux enfants, vous n'en seriez pas pour cela beaucoup plus pauvre. »

Mlle Ernestine, quoiqu'elle n'eût pas l'air fort bien disposée en faveur des orphelins, consentit cependant à aller annoncer leur arrivée à sa maîtresse, mais en

La tête de Louis s'inclina sur ce bras replié, et le frère aîné s'endormit à son tour.

se promettant bien d'user de toute son influence pour empêcher qu'ils ne retardassent l'œuvre importante de la toilette de bal, chef-d'œuvre d'habileté de l'adroite soubrette.

Caroline D... avait vingt ans; c'était une charmante et aimable femme, douée d'un cœur excellent, et heureuse chaque fois qu'elle trouvait l'occasion de faire le bien. Malheureusement la légèreté de son caractère l'empêchait trop souvent de soulager d'une manière efficace les misères qui excitaient sa compassion ; elle était étourdie, oublieuse, prompte à s'enthousiasmer pour une bonne œuvre, mais se laissant détourner par le motif le plus futile de ses intentions premières.

Elle avait été frappée, la veille, de la charmante physionomie de Louis ; et, peintre de talent, passionnée pour son art, elle avait aussitôt conçu le projet de faire poser l'enfant comme modèle dans un de ses tableaux. Après avoir interrogé les deux orphelins, le récit de leurs malheurs avait encore augmenté l'intérêt qu'ils lui avaient inspiré, et elle les avait engagés à venir chez elle, bien résolue à faire tout ce qui serait en son pouvoir pour rendre leur position moins affreuse.

Mais Caroline n'avait jamais souffert; elle n'avait même jamais vu de près la souffrance. Elle pouvait bien s'apitoyer sur le sort de ceux qu'on lui disait être malheureux, mais elle n'avait aucune idée de ce qu'était leur malheur.

Le soir même, elle avait oublié ses petits protégés. Nul doute que si on les eût introduits près d'elle lorsqu'ils s'étaient présentés à l'hôtel à l'heure de son déjeuner, elle les eût bien accueillis et eût été enchantée de les voir; mais elle n'avait point été avertie de leur présence.

Son premier mouvement, quand Mlle Ernestine lui annonça qu'ils étaient là, fut de s'écrier :

« Oh ! quel bonheur ! faites-les entrer bien vite ! Pourquoi ne sont-ils pas venus plus tôt?

— Pardon, fit Ernestine d'un ton un peu maussade dont elle connaissait l'influence sur sa maîtresse, mais si Madame perd du temps avec ces mendiants, elle ne sera jamais prête. Sa toilette n'est pas commencée, il est huit heures passées, et Madame a demandé la voiture pour dix heures. Certainement qu'en deux heures nous n'aurons jamais le temps de finir tout ce que nous avons à faire.

— Vous croyez, Ernestine? fit la jeune femme d'un air pensif. Au fait, oui, c'est possible; peut-être avez-vous raison. En ce cas, dites-leur de revenir demain vers midi, et vous donnerez l'ordre qu'on les laisse entrer dès qu'ils se présenteront. »

La femme de chambre s'empressa d'aller transmettre cette réponse aux deux enfants.

Louis la regardait fixement, d'un œil hagard, et comme s'il doutait de ses paroles.

« Oh! mon Dieu! mon Dieu! s'écria-t-il enfin, tandis que de grosses larmes coulaient sur son visage; mais où passerons-nous la nuit par le froid qu'il fait?

— Aviez-vous donc supposé qu'on allait vous loger ici? ricana la femme de chambre; vous passerez cette nuit où vous avez passé la nuit dernière; en vérité, ces enfants sont étonnants!

— Oh! Madame! fit Louis s'armant de courage pour insister auprès de l'inhospitalière camériste; si vous saviez comme nous sommes malheureux! On nous a chassés de la maison où nous demeurions, et depuis hier nous n'avons pas mangé! »

Un violent coup de sonnette, venant de la chambre de sa maîtresse, empêcha Mlle Ernestine de répondre. Elle s'éloigna rapidement en recommandant au domestique de renvoyer promptement les orphelins.

« Partez vite, leur dit celui-ci, car si elle vous retrouve là, ce sera encore une histoire à n'en plus finir. Mais, tenez, mes pauvres enfants, voilà du moins de quoi acheter un peu de pain. »

Et le brave homme, tirant de sa poche quelque menue monnaie, la leur donna, tout en les poussant doucement vers la porte, car il craignait, si la femme de chambre revenait, d'être blâmé de sa générosité. C'était pourtant à cause d'eux que la baronne avait appelé Ernestine, et son premier mot en la voyant fut :

« Sont-ils partis?

— Mais je le pense, Madame.

— Courez après eux, et donnez-leur ceci, dit vivement la jeune femme en mettant dans la main d'Ernestine plusieurs pièces d'argent. Je me rappelle que ces enfants sont très pauvres, peut-être n'ont-ils pas dîné. S'ils souffraient à cause de mon étourderie, je ne me le pardonnerais pas. Courez vite. »

Ernestine obéit d'assez mauvaise grâce, et revint quelques instants après en disant :

« Ils étaient partis. Mais que Madame se rassure; Jean les a pris en amitié, et je suis presque certaine qu'il ne les a pas renvoyés sans leur donner quelque chose.

— Jean a très bien fait, c'est un brave garçon, » dit Caroline, qui, ainsi tranquillisée sur le compte de ses protégés, se mit en devoir de vaquer à l'importante affaire de sa toilette de bal.

« Où allons-nous? demandait d'une voix plaintive le petit Charles, en suivant son frère hors de l'hôtel.

— Nous allons chercher à manger pour toi, » répondit Louis, en se dirigeant vers un de ces petits restaurants à bon marché, comme il s'en est établi un si grand nombre depuis quelques années pour la commodité des ouvriers employés aux constructions nouvelles, et qui sont bien aises de trouver leur repas à peu de distance de l'endroit où ils travaillent.

Ils entrèrent; et après que Louis se fut assuré qu'une telle dépense ne dépassait pas ses modestes ressources, il demanda une tasse de bouillon chaud et un peu de pain.

Il fallait voir comme Charles se mit à dévorer avidement! Le pauvre enfant mourait littéralement de faim. Comme honteux cependant de ce premier mouvement, il s'arrêta pour dire :

« Et toi, frère?

— Mange, mange, se hâta de répondre Louis; tu n'en as pas trop pour toi. D'ailleurs, je n'ai pas faim, ajouta-t-il en souriant faiblement.

— Si, tu as faim, j'en suis sûr! insista l'enfant, essaye seulement de manger un peu pour voir. »

Louis prit une bouchée de pain; mais, en effet, il n'avait pas faim; la fièvre lui ôtait l'appétit, et il disait vrai en affirmant à son frère qu'il lui était impossible de manger.

La patronne de l'établissement s'aperçut bien que les deux enfants ne se pressaient pas de partir, quoiqu'ils eussent depuis longtemps achevé le modeste repas auquel le plus jeune seul avait touché. Mais c'était une bonne femme, elle trouvait tout naturel qu'ils aimassent mieux rester chez elle, où le feu des fourneaux entretenait une chaude température, que d'aller dans la rue par le froid qu'il faisait; aussi ne les renvoya-t-elle que lorsque le dernier consommateur se fut éloigné, et lorsque le garçon était déjà en train de fermer les volets.

La neige tombait assez abondamment pour couvrir la terre d'un blanc tapis; les deux orphelins marchaient sur les trottoirs du Pont-Neuf, se serrant l'un contre l'autre, et tremblants du froid qui les avait saisis au sortir de la salle si chaude du restaurateur.

Louis se sentait faiblir de minute en minute, ses jambes fléchissaient sous lui; sa petite main cherchait un point d'appui contre le parapet du pont. Charles, tout enfant qu'il était, commençait à comprendre ce que souffrait son frère, et n'osait plus se plaindre du froid, quoique ses pauvres pieds nus fussent si engourdis, qu'à peine sentait-il la pierre sur laquelle il les posait, et qui n'était pas plus froide qu'eux.

Une escouade de sergents de ville vint à passer.

Les enfants se blottirent sur un des bancs de pierre, et quelques instants après tout rentra dans le silence.

Il était tard; les boutiques étaient fermées, et si l'on apercevait encore de la lumière à beaucoup de fenêtres à cause des fêtes et des réunions de famille, si nombreuses à cette époque de l'année, le nombre des voitures qui passaient sur le pont était déjà beaucoup moins grand, car l'heure de la rentrée des théâtres était passée, et celle du retour des bals n'était pas encore arrivée.

« S'ils allaient revenir et nous emmener en prison? murmura Louis.

— Il faut nous cacher, répondit Charles.

— Mais où? »

Et Louis, debout sur le banc, se penchait sur le parapet, explorant du regard, dans l'espoir d'y découvrir quelque retraite sûre, les deux côtés de la Seine, qu'il ne distinguait que bien imparfaitement, grâce à la neige qui, en tombant, interceptait la lumière des reverbères.

« Viens! dit-il tout à coup, viens vite. »

Et prenant son frère par la main, il se mit à marcher rapidement comme s'il eût eu, cette fois, un but déterminé.

Ils arrivèrent au bout du pont, et, après avoir fait quelques pas sur le quai, descendirent par un chemin rapide jusque sous la première arche.

Ils se trouvaient à peu près abrités contre la neige qui tombait de plus en plus fort, mais le voisinage de la rivière semblait rendre l'air encore plus froid là que sur le quai.

N'importe! ce que voulaient les deux enfants c'était, avant tout, d'échapper à l'attention des sergents de ville, et là ils devaient se croire à peu près sûrs de n'être point découverts par eux.

Une large pierre formant saillie offrait aux orphelins un espace suffisant pour que tous deux pussent y prendre place.

Louis, en furetant çà et là, découvrit un vieux balai, jeté sans doute dédaigneusement par quelque employé au nettoyage des rues. Il s'en servit pour débarrasser la pierre de la petite quantité de neige qui s'y était amassée, poussée par le vent; puis, faisant signe à son frère de s'asseoir à côté de lui, il lui dit :

« Mets-toi là, tout près de moi; je te tiendrai serré avec mon bras, pour que tu aies moins froid et pour t'empêcher de tomber si tu t'endors.

— Mais toi, demanda Charles, si tu t'endors?

— Je ne dormirai pas, dit tranquillement Louis, j'ôterai la neige quand il y en aura trop, et je veillerai à ce que les sergents de ville ne nous découvrent pas. »

Charles s'assit donc auprès de son frère, qui l'entoura de son bras droit, tandis que de la main gauche il éloignait doucement la neige qui s'amassait autour d'eux.

Bientôt la tête de Charles tomba sur ses bras croisés, et sa calme respiration annonça que l'enfant, avec l'heureuse insouciance de son âge, s'était endormi, oubliant le froid et la misère, ces terribles ennemis qui veillaient autour de lui.

Et bientôt après, le bras de Louis qui entourait Charles se replia doucement sur l'épaule du petit frère; la tête de Louis s'inclina sur ce bras replié, et le frère aîné s'endormit à son tour.

Mais sa respiration haletante, les mouvements convulsifs qui agitaient son corps débile, les mots sans suite qui s'échappaient de ses lèvres, prouvaient que chez lui le sommeil n'était pas l'oubli comme chez son frère, et que les souffrances d'une réalité bien triste le poursuivaient jusque dans ses rêves.

. . . .

Il était six heures du matin quand la jeune baronne Caroline D... revint du bal avec son mari.

Au moment où la voiture s'arrêta devant l'hôtel, attendant qu'on ouvrît la grande porte, une voix d'enfant se mit à crier auprès de la portière :

« Madame! Madame! sauvez mon frère!... Louis est mort!... sauvez mon frère!...

— Qu'est-ce que cela? fit le baron en baissant à demi une des glaces de la voiture.

— Eh! mon Dieu! mais c'est le frère de mon petit modèle! s'écria la jeune femme, qui s'était penchée pour voir aussi. Que fais-tu là, pauvre enfant? Il a les pieds nus... par ce temps! mais c'est affreux! Jean, prenez ce petit avec vous et faites qu'il se réchauffe; il doit être glacé.

— Mon frère! Louis! oh! Madame! il ne bouge plus! il est mort! » sanglotait Charles, qui comprenait un peu ce que c'était que mourir, car, quinze jours auparavant, quand il avait vu son père ne plus bouger et ne plus parler, on lui avait dit qu'il était mort.

« Ah çà! que dit-il? demanda le baron; il y a donc un autre enfant?

— Mais oui, son frère, celui que je veux prendre pour modèle, répondit Caroline très agitée. Petit, dis donc où est ton frère?

— Là-bas sous le pont, reprit l'enfant, qui s'interrompait à chaque mot pour pleurer; nous avons passé la nuit là; nous dormions, et tout d'un coup il est tombé; et il est tout froid, il ne dit rien; alors j'ai couru jusqu'ici et j'ai attendu.

— Passer la nuit sous le pont! murmura Caroline; Jean, prenez avec vous un de vos camarades; allez chercher cet enfant et amenez-le dans ma chambre. C'est moi qui le soignerai, » ajouta-t-elle, espérant encore que Charles se trompait, et que son frère n'était qu'évanoui; car la conscience de la jeune femme lui reprochait cruellement la légèreté avec laquelle elle avait oublié les deux pauvres enfants.

Lorsqu'on rapporta Louis, complètement froid et inanimé, Caroline avait échangé son élégante toilette de bal contre une robe de chambre, elle avait fait prévenir un médecin et préparer des secours pour réchauffer et ranimer le pauvre enfant.

Mais tous les secours furent vains, tout était bien fini; et lorsque le médecin arriva, il n'eut qu'à confirmer la triste nouvelle dont Caroline aurait voulu pouvoir douter encore, quoique les preuves n'en fussent que trop évidentes, même à ses yeux inexpérimentés.

Ce fut pour la jeune femme frivole une cruelle leçon. Avec l'assentiment de son mari, elle se chargea de l'avenir de Charles; mais elle ne se pardonna jamais à elle-même le malheur irréparable qu'elle aurait pu si facilement empêcher.

Elle devint aussi grave, aussi sérieuse qu'elle avait été jusque-là étourdie et frivole. Plus tard, lorsque Charles lui exprimait sa reconnaissance pour les bienfaits dont elle le comblait, c'était avec un sentiment de honte qu'elle lui imposait silence; car elle se sentait coupable envers cet enfant à qui elle aurait pu conserver un frère; elle se trouvait, malgré son repentir, indigne de pardon, et s'efforçait, à force de bonnes œuvres, de rentrer en paix avec elle-même, d'expier la fin malheureuse du pauvre Louis.

Devenue vieille, ce triste souvenir de sa jeunesse la poursuivait encore, et c'est avec l'accent d'une conviction profonde qu'elle répétait :

« Ne remettez jamais le bien que vous voulez faire; une heure de retard peut le rendre inutile, et les malheureux n'ont pas le temps d'attendre. »

FIN

TABLE

—

24415. — Tours, impr. Mame.

www.ingramcontent.com/pod-product-compliance
Ingram Content Group UK Ltd.
Pitfield, Milton Keynes, MK11 3LW, UK
UKHW020338230726
13925UKWH00003B/858

9 782013 608572